AYALLA DE AGUIAR

ÁGUA DE POÇO EM NOITE FRIA DE LUA CHEIA

3ª IMPRESSÃO

PORTO ALEGRE • SÃO PAULO
2019

CONSELHO EDITORIAL Gustavo Faraon e Rodrigo Rosp
PREPARAÇÃO Julia Dantas
CAPA E PROJETO GRÁFICO Humberto Nunes
REVISÃO Fernanda Lisbôa
FOTO DA AUTORA Drigo Cardoso

Dados Internacionais de Catalogação na Publicação (CIP)

A282a Aguiar, Ayalla de
Água de poço em noite fria de lua cheia / Ayalla de Aguiar. — Porto Alegre : Terceiro Selo, 2014.
106 p. ; 21 cm.

ISBN: 978-85-68076-08-8

1. Literatura Brasileira. 2. Contos Brasileiros. I. Título.

CDD 869.937

Catalogação na fonte: Ginamara de Oliveira Lima (CRB 10/1204)

EDITORIAL
Av. Augusto Meyer, 163 sala 605
Auxiliadora • Porto Alegre • RS
contato@dublinense.com.br

COMERCIAL
(11) 4329-2676
(51) 3024-0787
comercial@dublinense.com.br

A meus filhos, Eliana (in memoriam),
Nery e Lula, que aquecem meu coração

Quando as estradas se acabaram e a quietura
do mundo apeou nos campos...

Sergio Faraco, ***Noite de matar um homem***

ÍNDICE

QUEBRANTOS, SIMPATIAS E BENZEDURAS

No casarão antigo os gritos da criança ressoaram no meio da noite:

— Tira eles daqui, mãe! Tira eles daqui! Mãe!

A mãe voava, atravessando a sala, pés descalços, camisola leve na noite fria, gritando ela também:

— Minha filha, o que foi? Minha filha!

Logo atrás o pai, estremunhado, tropeçando nos móveis, revólver em punho:

— O que foi? O que foi?

Chegaram juntos ao quarto, acenderam a luz e viram a janela aberta, a cortina esvoaçando no ar gelado e a criança em pé, em cima da cama, as tranças desfeitas, o pijama empapado de suor:

— Mãe, mãe! Tira eles daqui!

Maria Lygia tomou a filha nos braços, acalmou-a. O pai procurava pelo quarto, embaixo da cama, verificava as janelas, dentro dos armários. Tudo em ordem, nada fora do lugar.

A mãe dizia:

— Pronto, pronto, já passou. Foi um sonho, mamãe está aqui. Já passou.

Embalava a menina, enrolando-a no cobertor enquanto dizia ao marido:

— Não foi nada, foi só um pesadelo. Na certa Mindoca não fechou direito a janela, que abriu com o vento. Maria Emília se assustou com a cortina. Ela anda assustada. Não sei quem está botando medo nessa criança. Já proibi Mindoca e Inácia de contarem casos de assombração na frente das meninas. Olha só, a Maria Júlia, nem acordou com os gritos da irmã, mal e mal resmungou e continuou dormindo. Maria Emília é que anda assim nervosa, vive assombrada. Não sei o que é isso.

Na manhã seguinte o pesadelo de Maria Emília era o assunto na casa. Maria Lygia recomendou às criadinhas que não falassem do ocorrido na vizinhança. Foi o que bastou.

Quando a caminhonete do seu Quinzinho apontava na esquina, buzinando, as pessoas acorriam gritando "Chegou o *verduleiro*! Chegou o *verduleiro*!".

Era a hora para a troca de novidades, de informações, e Inácia e Mindoca se encarregaram de espalhar para a freguesia de seu Quinzinho as histórias de almas penadas que Milinha via, à noite, vagando pelos quartos.

No Sarval, naquele tempo, a caminhonete do verdureiro funcionava com a mesma eficiência das redes sociais hoje.

Dentro de uma semana, toda a cidade ficou sabendo que Milinha sofria dos nervos, que tinha ataques horríveis, que acordava toda a família, e até os vizinhos, com seus gritos no meio da noite, que se contorcia toda, babava e falava com voz grossa. Diziam que a casa estava mal-

-assombrada e que Milinha via almas do outro mundo, arrastando correntes, e que, nas noites de lua cheia, sombras negras vagavam pelo jardim, pedindo missas e orações. Havia quem enxergasse vultos caminhando pelas ruas em direção à sanga do cemitério: almas dos degoladores e dos degolados das revoluções, que voltavam das trevas para pedir luz. O padre, para acalmar os paroquianos, celebrava missas e novenas pelas almas do purgatório.

Milinha estava convencida de que via fantasmas. Não ia ao colégio, não queria comer, dormia mal. Seus pais não sabiam onde procurar recurso. Naquele tempo, no Sarval, não havia psicólogos nem psicanalistas. Um único médico atendia toda a população, desde os partos até os atestados de óbito, unha encravada, espinhela caída. Mal dava conta dos nós de tripa, das pontadas de pneumonia, das tosses secas da população. A única ajuda vinha de Sia Belinha, a parteira, que aparava as crianças: cortava-lhes o cordão umbilical, dava banho no recém-nascido, fazia a higiene da parturiente, preparava a canja e rezava as simpatias de praxe, enquanto o doutor tomava chimarrão com o pai da criança, na beira do fogo, se fosse inverno, ou sob as taleiras, do lado de fora, no verão. E só intervinha quando a coisa se complicava.

A esposa do doutor também ajudava — fazia curativos, colocava compressas, preparava as cataplasmas de mostarda, os xaropes de mel e guaco, ou de mel e agrião, e os distribuía pela cidade, juntamente com conselhos e benzeduras: para quebranto, mau-olhado, encosto, rendedura, regras atrasadas. E não se passava um dia sem que alguém batesse à sua porta, em busca de auxílio.

Condoída com a situação da criança que via almas penadas, foi visitar a família e oferecer seus préstimos. Recomendou à Maria Lygia que levasse Milinha a um velório. Uma vez lá, que aproximasse a menina do caixão e a fizesse rezar um padre-nosso, uma ave-maria e três glórias ao Pai, segurando firme os pés do defunto, com ambas as mãos, para sentir o frio da morte. Esperasse o resultado. Era tiro e queda, curava qualquer medo.

Ficou resolvido, pela família, que não custava tentar, se fosse para acabar com os medos de Maria Emília. Passaram-se os meses, e nada de defunto. O povo do Sarval era saudável, enfrentava os invernos rigorosos, as primaveras ventosas e os verões escaldantes com boa saúde e disposição.

Lá por um belo dia de inverno, porém, morre dona Mariquinhas, senhora idosa, beirando os noventa. Aliás, era uma senhorita: moça-virgem que jamais se casara. Maria Lygia não era muito chegada a velórios, mas tinha que pôr em prática o tratamento de Maria Emília. Explicou às filhas que seria para o bem, que não precisavam ter medo, que dona Mariquinhas sempre fora uma querida, que nunca fizera mal à ninguém, enfim, preparou-as, e a si mesma, com a pouca coragem que conseguiu reunir, para a missão que iam enfrentar.

Maria Júlia, a maiorzinha, teria uns dez anos, Maria Emília andava pelos oito. Vestiu-as com seus casacõezinhos de lã e, bem agasalhadas, lá se foram as três, rumo ao velório, na noite gelada. Maria Júlia, comilona e pragmática, levava no bolso do casaco umas bolachinhas para o caso de vir a ter fome.

Assim que entraram na sala espaçosa, que fora praticamente esvaziada para o velório, depararam-se com a enorme cama de ferro esmaltado, onde jazia a defunta, muito magrinha, vestida de Nossa Senhora das Dores.

Um lindo manto de seda fulgurante lilás envolvia o corpo franzino. O rosto fora realçado com um pouco de blush, as sobrancelhas delineadas com lápis preto. Os cabelinhos, branquinhos e ralos, formavam um halo ao redor do rostinho miúdo. Na altura das mãos, atravessada sobre o peito, uma palma, dessas dos domingos de Ramos, salpicada com purpurina prateada.

Postas em castiçais altos do chão, nos quatro cantos da cama, quatro velas alumiavam o corpo diáfano, cujos pés, calçados com sapatilhas prateadas, sobressaíam, pontudinhos. Mal e mal o leve volume das pernas se insinuava nas dobras do tecido de seda.

Mãe e filhas aproximaram-se do corpo. Sobre a saliência prateada dos pés da defuntinha, Maria Lygia colocou as duas mãos de Milinha, segurando-as com firmeza e cobrindo-as com suas próprias mãos, um pouco trêmulas e quase tão geladas quanto os pés da finada. Juntas, mãe e filha rezaram em voz alta o padre-nosso, a ave-maria e os três glórias ao Pai, como lhes fora recomendado.

Cumprido o preceito afastaram-se e sentaram num sofá. Maria Júlia logo começou a mordiscar suas bolachinhas, disfarçadamente retiradas do bolso do casaco. O som dos biscoitos quebrados ao mastigar soava de modo estranho em meio ao silêncio. Maria Lygia, constrangida, ensaiava um gesto de desaprovação ao piquenique fúnebre da filha, quando se ouviu um ruído, seguido de um estrondo. D. Mariquinhas pulou na cama, bem durinha. Suas duas pernas saltaram, juntas, num ângulo de, aproximadamente, quarenta e cinco graus. A palma prateada voou e, descrevendo uma curva, caiu aos pés do sargento da Brigada que, lívido, correu para fora da sala, atropelando as pessoas e berrando palavras de ordem ao pelotão da patrulha, que não passava de dois ou três soldados. Uma senhora que rezava o terço em voz alta gritou:

— Virgem Santíssima do Rosário! — e caiu de lado, desmaiada.

Outros clamavam por todos os santos do calendário romano, e todos faziam o sinal da cruz.

Maria Lygia permanecia esmagada no sofá, sob o peso das duas filhas que, agarradas ao seu pescoço, gritavam: "Mãezinha! Mãezinha!". Ela também gritava: "Valha-me, Nossa Senhora!".

Não ficou viva alma na sala, exceto o grupo do sofá. Maria Lygia, que continuava imobilizada, sem poder sair correndo como todo mundo, não tirava os olhos da defunta Mariquinhas, cujo corpo jazia, meio ladeado, na cama inclinada.

Aos poucos compreendeu o que ocorrera: o assoalho, carcomido pelos cupins, cedera sob o peso da cama, cujo pé afundara, provocando o movimento da defunta. Conseguiu ir-se acalmando, se recompondo antes que os demais retornassem à sala e a dignidade do velório voltasse a se restabelecer.

A simpatia foi tiro e queda!

Nunca mais elas tiveram medo de nada. Nem da vida.

FINAL DE INVERNO

Dominguez, agora, passava longas horas sentado na cadeira petiça que ele encostava na parede norte, do lado de fora do rancho, aproveitando o calorzinho do sol aguado do inverno. E assim aquecia sua velha carcaça e economizava lenha. Catar graveto seco no mato e carregar os feixes nas costas tornara-se uma lida muito pesada, além do que, a lenha começava a escassear nos matos ralos da beirada do arroio e toda vez ele precisava caminhar mais longe.

Desde o dia em que traíra seu cavalo por trinta dinheiros já se havia passado quase um verão inteiro, todo o outono e chegara de novo o inverno que se anunciara cedo. E ele sabia que esse seria um inverno rigoroso. No final do verão, quando os maricás branquejaram a beirada das estradas, o velho soube. Viria muito frio pela proa.

Ali, sentado, ele tossia. Um som cavernoso escapava-lhe do peito. O corpo magro sacudido pelo esforço que ele fazia para expelir, pela boca falhada de dentes, o catarro verde que, ao cair no chão, corria em bolinhas nacaradas até se misturar com a areia do terreiro.

Com a faquinha velha que sempre trazia à cintura, ele alisava a palha seca de milho, aparava as pontas e a colocava entre os dedos da mão esquerda, em concha, e a palha dobrada ficava ali, adejando como um alma-de-gato, enquanto ele picava o fumo em rama e o amassava com o lado da mão direita. Enrolava, então, o cigarro e o acendia, tirando longas baforadas do cilindro esguio e dourado. A fumaça perfumada subia, uma linha azul, quase vertical, até se desmanchar em pequenos caracóis. Quando havia um sopro de vento, por qualquer que fosse, a fumaça se esvaía, rápida, misturando-se às nuvens, numa ânsia de liberdade. O velho tragava e tossia. Com o olhar perdido olhava a fumaça, resmungando que o garrotilho o apanhara de jeito.

As poucas forças que lhe restavam guardava-as para ir, a pé, ao centro da cidade, receber a aposentadoria. Levava uma mala de garupa e aproveitava a caminhada, e os caraminguás recebidos, para comprar os mantimentos que deveriam durar trinta dias, mas que, tal qual menstruação de mulher, sangrava tudo, de vereda, em três ou quatro dias. E ele tinha que esperar mais vinte e oito ou trinta dias para vir de novo.

Numa dessas idas ao centro da cidade, encontrou o sobrinho. Bem-vestido, carro novo, tratava dos negócios com o gerente do banco. O sobrinho interessou-se por ele, quis saber de quanto era a pensão que o tio recebia, ofereceu-se para ser seu procurador, se o tio quisesse, claro, podia poupar-lhe as caminhadas. Ficaram de marcar um dia para irem ao cartório. O sobrinho ofereceu carona, levou-o até o final do asfalto, sempre conversando, animado. Dizia-lhe "que bom que o tio tinha uma velhice tranquila, recebia uma boa aposentadoria que lhe garantia uma vida digna". Ao contrário dele, sobrinho, que trabalhava como um mouro, e tudo o que ganhava era para pagar impostos, salários, encargos de toda ordem, tinha por sócio o governo que lhe sugava todos os lucros. O tio nem podia imaginar a fortuna que ele pagava de condomínio do apartamento que comprara em Porto Alegre para os filhos poderem estudar. O tio era um felizardo, não pagava condomínio, nem impostos, nem água, nem luz. Deu-lhe uma pelega de vinte reais, que se diluíram na diferença dos preços pagos no bolicho do subúrbio comparados com os do supermercado. Mais valera não ter aceitado a porcaria da carona.

Desceu do carro do sobrinho e veio caminhando. Viu que armavam um circo no terreno baldio. E escutou os rugidos. Pareceu-lhe que os rugidos se transformavam em relinchos. Veio-lhe, à lembrança, o matungo velho. Diminuía sua culpa pensar que, apesar de tudo, lhe dera uma morte digna. Era o sangue do companheiro velho, que, de certa forma, ainda circulava nas veias das feras, dando-lhes forças para rugir. Podia não ser o mesmo circo, podiam ser outros tigres, outros leões. Não eram vermes nem urubus, comedores de carniça. Arquejando arriou em cima da mesa da cozinha a mala de garupa, com os parcos mantimentos. Atiçou o fogo e encostou a chaleira. Foi lá fora derramar a erva e viu três ou quatro urubus voando em círculos, por cima do rancho. Aqueles ainda têm força nas asas. Sempre há de existirem urubus, planando nas correntes de ar ascendente, farejando carniça.

39º UMIDADE RELATIVA

Noite quente e úmida no verão de Porto Alegre. Prenúncio de temporal. Ela seca o suor do rosto, abre a geladeira, pega a garrafa de água e bebe no gargalo. Guarda a garrafa e fecha a porta com um joelhaço. Volta ao computador, ajeita o ventilador, acomoda-se na cadeira e recomeça a digitar no velho PC que herdou do sobrinho. Tenta um bom título para a história que pretende escrever. Um conto. Quem sabe uma novela?

"Confissões de uma cinquentona bem-comportada". Cruzes, muito Simone.

"Tórridos trópicos". Não, cheira a Lévi-Strauss.

"Zona subtropical tórrida". Boletim meteorológico.

"Crônicas de uma capital de província". Coisa mais século XIX.

"Mulher solitária — procura".

Gostou, deletou os quatro anteriores. Passou negrito, abriu parágrafo.

Bom título para uma história de quase seis décadas de vida medíocre, pensou.

Histórias não realizadas, sonhos desistidos, realidade distante dos devaneios alimentados pelos romances lidos na juventude, às escondidas, quando sua mãe decidiu que seria freira. Tudo meio Flaubert, muito mais próximo da realidade de Alvorada, de Cachoeirinha.

Na infância quis ser freira. Quis? A mãe, de origem italiana, sabia que filhas bonitas casam cedo, as menos dotadas devem ser encaminhadas para a vida religiosa. Internou-a no colégio católico.

Foi um tempo bom, aquele.

Guardava a emoção da criança, quando entrara no prédio imponente. As enormes portas de madeira maciça, as janelas altas, envidraçadas, o teto de tábuas pintadas com paisagens inatingíveis de nuvens brancas e figuras aladas. Os largos corredores ensolarados, o piso brilhante, cheirando a cera. Via-se pequena, pela mão da mãe, na sala do parlatório. O quadro do Sagrado Coração de Jesus sobre a parede branca. Contrita, não desviava o olhar das mãos do Cristo. A mão esquerda, apontando o próprio coração ferido, sangrando fora do peito e, a direita, dois dedos flectidos e dois em riste, acusadores, contrastando com a tristeza do olhar. Logo abaixo, a figura engomada da Senhora Madre, a alvura do peitilho, acentuando a palidez do rosto sem viço, com dentes amarelados que pareciam não pertencer àquela boca.

Contudo, aquele foi um bom tempo.

Cumpriu-o à risca, com dignidade, até fazer os votos.

Mais que tudo, agradava-lhe a ideia de ter Cristo como Esposo. Preservar-se para o Esposo, consagrar-se a Ele.

Nas longas noites frias de silêncio e solidão, na cela do

pensionato, ouvindo o ressonar das outras postulantes, pensava nas três virtudes teologais e nos votos que faria: pobreza, obediência e castidade. De todas essas palavras novas uma a inebriava: castidade. Intuía o que seria o tesouro que ofereceria ao Esposo. Acariciava delicadamente o próprio sexo e candidamente Lhe oferecia o cálice de sua virgindade. Ela inventara essa frase, ou pensava tê-la inventado. Arrepiava-se toda ao pensar naquilo que mal compreendia, mas que lhe proporcionava um prazer inefável.

Seria isso um dos Mistérios?

Decorara a lista de pecados que a Irmã lhes dera e a repetia, no confessionário, sem omitir um único pecado. Esvaziava o cérebro para não pensar em nada, sobretudo no próprio corpo. Não compreendia por que o corpo era fonte de pecado.

Ansiava pela hora da confissão. A proximidade do rosto do padre, na semiobscuridade do confessionário, cuja treliça não isolava o cheiro mofado da barba do capuchinho nem o hálito que tresandava a cebolas, e remetiam-na às lembranças familiares: o pai, os irmãos chegando da roça, corpos suados, a cozinha da mãe, o barulhinho da polenta frigindo na banha quente.

Tempos depois, quando o velho capuchinho foi transferido para uma casa de retiro e chegou um padre novo, jovem, ela, que concluíra o curso de Letras, percebeu que desejava um esposo de carne e osso. Uma casa, um jardim, um cachorro, algumas galinhas. Coisas poucas, parcas.

Pediu licença, renunciou à Ordem e foi para o mundo em busca de trabalho. E de marido.

Acomoda-se na cadeira, ajeita o ventilador e recomeça a digitar.

O que lhe coubera da vida fora o quarto e sala no edifício velho de uma rua barulhenta num bairro pobre, nas proximidades da Baltazar. Mobília ordinária, armários de madeira compensada com prateleiras e portas capengas. Geladeira, fogão, televisor, tudo comprado em dezembro, pagando em trinta e seis suaves prestações. Entrada só em março.

Passagem do tempo estranha.

Houve tempo que se imaginara uma intelectual, uma escritora.

Não era mais que uma professora de Literatura numa escola estadual de periferia. Falar da *Moreninha* e das *Memórias de um sargento de milícias* para aqueles cheiradores de crack?

Tentara Jorge Amado, Verissimo, Vinicius. Riram na cara dela.

Longe ia o tempo em que acreditara na lenda urbana de homens sobrando em Porto Alegre, nos meses de verão. Vivera a experiência. Perseguira alguns. Encontrou um tipo sedutor, num bar da Cidade Baixa.

Palavras sussurradas, mão treinada, afago nas costas, voz grave, cantarolando *Detalhes*.

Algumas horas e várias cervejas depois, quando ele pediu a conta e levou a mão ao bolso e percebeu que esquecera a carteira e ficou muito constrangido e pediu ao garçom que aguardasse, que iria ao estacionamento apanhar a carteira no carro e o garçom fulminou-o com o olhar, ela se ofereceu para pagar com o Banricompras. Depois acertavam. Ficou gelada ao ver o total da nota e gelada permaneceu, na noite escaldante. Frustravam-se, ali, as expectativas de ir a um motel. Ele sugeriu irem para o apartamento dela, no carro dela. Ela concordou, mas antes de chegarem ao Viaduto Obirici, ou porque o dia já estava clareando e podia vê-lo melhor, ou porque já passara o efeito da cerveja, ela começou a achá-lo meio bagaceiro, e já estavam próximos do trevo da Baltazar quando ele disse:

— Se tu te abrir comigo e me contar os teus problemas, e as tuas traumas, talvez a gente possa repartir a nossa vida. Eu sempre me amarrei em professora.

Ela encostou o carro em frente ao supermercado, virou-se para ele e disse, calma:

— Olha, Ordacildo, não me leve a mal. Foi uma noite muito agradável, mas tu vais ter que descer, porque estou ficando sem gasolina e não tenho dinheiro para abastecer. Vou deixar o carro estacionado aqui no súper e vou a pé para casa, nem pra passagem eu tenho.

Quis ser ativista política, vereadora. Quem sabe prefeita de sua cidade?

E aí, se envolveu com Joseph Lenine. Magrinho, barba, óculos de aros de metal, cabeludo, calças jeans surradas, um ar de abandono. Tentava fazê-lo comer. Preparava macarronadas. Sentia-se mal, sendo mais alta e mais forte do que ele. Ele reagia. Era magro por ideologia. Repetia que todo gordo é burguês.

— Um pensador de esquerda não pode ser obeso — dizia. — A obesidade carrega o peso das injustiças sociais.

A banha é a culpa acumulada nos tecidos adiposos dos ricos, dos exploradores, na proporção em que eles sugam as calorias do proletariado. "Obesidade", a própria palavra é untuosa. Obscena. Imoral. Sensual.

— Você é magro e é sensual.

— Um socialista trepa com a alma, é diferente. É a alma que exercita a minha sensualidade. Um capitalista não trepa, esmaga a parceira sob o peso de sua banha, como um porco.

— Ah, mas não precisa ofender. Meu pai cria porcos na colônia e é bem socialista.

— Teu pai é um pequeno burguês fazedor de linguiças cujo único sonho é ser proprietário de mais terras. Tem apego à propriedade.

— Se o pai não criasse e não vendesse os porcos dele, não estaria ajudando a alimentar muita gente. Quem produz faz girar o mundo.

Ele sufocou no nascedouro o discurso neoliberal dela, puxando-a para a cama. Sob as cobertas ela apalpava suas costelas e voltava à carga em prol do acúmulo de calorias. Ele reagia:

— Cada grama de gordura acumulada no corpo de alguém equivale a quantos corpos esquálidos de crianças famélicas?

— Ai, vamos fazer amor, não a guerra.

— Não é de guerra que eu falo, é do capitalismo, sistema injusto e imoral, concentrador de renda. Todo gordo, além de gordo, é reluzente. O brilho macio da pele esticada pela capa de gordura encobre a usura, isola os sentidos, impede o contato com a realidade externa, embota a visão para enxergar as injustiças sociais. O toucinho é um amortecedor isolante das consciências, da culpa.

Tirou baforadas do cigarrinho apertado entre os dedos, soergueu o corpo magro, recostou-se nos travesseiros, semicerrou os olhos e filosofou:

— Este baseado, que ora dividimos, tem um valor agregado — pagou o leite ou o pão de uma criança da periferia. — Ou a cachaça do pai da criança, acrescentou, taciturno.

Querido Zef, quanta saudade. Separaram-se logo depois da queda do Muro, quando ele entrou em depressão. Não foi ela que o abandonou, ele quis isolar-se, evitava a companhia dos companheiros de luta, aniquilado.

Um tempo atrás ela o avistou mais animadinho, cantarolando a *Internacional*.

Levantou-se, foi até a janela, fechou a vidraça. Finalmente começava a chover. Espiou a nesga de céu entre os edifícios e viu a chuva, iluminada pelas luzes dos carros e dos postes da avenida.

Que calor infernal. De sob seus fartos seios escorria o suor que encharcava o elástico das calcinhas.

— E agora, com esta chuva, será que sai o passeio para o banho de cachoeira?

Ligou para Rosalva.

— E aí, tu achas que sai o passeio amanhã?

— O passeio está garantido. Etevaldo acabou de me ligar, até já abasteceu a van. Ele disse que não pode faltar, é dia de oferenda, e a santa é cobradora. Te prepara, guria, o cara está louco para te encontrar, e nós vamos passar aí, amanhã cedinho para te...

Um ruído de explosão veio da rua, o telefone emudeceu.

— Pronto, faltou energia, e eu nem salvei o texto.

O jeito era tomar um banho e ir dormir. Descansar pra não acordar com cara de papel pardo amassado. A chuva abrandou. Abriu a janela e começou a antegozar as possibilidades do passeio.

Sob a água fria da cachoeira, que batia forte em seus corpos enlaçados, eles cantavam um ponto de umbanda, um hino à Iemanjá. O jeito como ele a enlaçava, seu hálito morno, a ginga de seus corpos na cadência ensaiada, tudo a fazia sentir-se jovem, leve. Poderia ficar abraçada a ele para todo o sempre. Não precisavam de palavras para compreender que aquele era um ritual de acasalamento: a mão que a sujeitava junto ao corpo, o modo como ele movia os quadris. Estavam nus. A água da cascata cobria sua cabeça com uma espuma diáfana, feito um véu. Sentia-se purificada. Sabia-se digna, merecedora da força telúrica que a ligava ao seio profundo da África. Bendizia o corpo negro que a abraçava, belo como um deus. Sentiu sua alma despegar-se e pairar, acima e além, multifacetada, iridescente, integrada ao todo. Do alto, divisava os brancos areais na solidão do Congo e foi tomada por um sentimento de compaixão e de vergonha. Queria arrancar-lhes os grilhões, lavar suas feridas, mitigar-lhes a dor e as humilhações. Chorava. As lágrimas gelavam seu rosto, seu corpo. Sentia frio. Quando levou a mão, em concha, para aparar água da cachoeira, faltou-lhe pé. Viu-se, então, no meio do rio e escutava Rosalva que chamava por ela. Gritava por Etevaldo, e ele não a ouvia, o corpo do amado lhe escapara. Mãos vazias, desesperada, começou a nadar, não tinha forças para vencer a correnteza. Choveu nas cabeceiras, pensou. Era chegada a sua hora, logo agora, que encontrara o verdadeiro amor. Sufocava, lutava, não queria morrer. Com enorme esforço tirou a cabeça para fora da água e conseguiu respirar.

A chuva entrava em lufadas de vento pela janela aberta, inundando o quarto e sala do edifício velho, na rua barulhenta do bairro pobre.

A BREVE HISTÓRIA DE DONA GUTA
OU
O DIÁLOGO DA SENHORA MARIA AUGUSTA GUIMARÃES BARCELLOS DE MOURA COM O GERENTE DO BANCO

— Bom dia, seu Elói. Tudo bem com o senhor?

— Bom dia, dona Maria Augusta. Prazer revê-la. Sente-se, por favor. Como tem passado?

— Ai, seu Elói, como uma velha, aqui com meus achaques. Ando descorçoada, seu Elói, desde que o doutor diagnosticou uma bursite trocantérica no meu fêmur direito, nunca mais tive sossego. Ando muito desaminada. O tratamento não tem fim, sessões de fisioterapia, academia de ginástica. Haja dinheiro! O fato, seu Elói, é que envelhecer custa caro. Sem falar na minha hérnia de hiato, que me dá refluxos noturnos. Uma verdadeira via-crúcis. Meu calvário, seu Elói.

— O que é isso, dona Maria Augusta? A senhora, forte e rija, uma guerreira, desanimada? Não vamos deixar cair a peteca. O que temos para hoje? Veio dar uma espiadinha nas aplicações?

— Isso, seu Elói. Vim pra ver a quantas ando. Preciso fazer umas transferências, uns pagamentos. O senhor sabe, o Jorginho decidiu, vai para a Austrália. Esse menino é muito inteligente, não é por ser meu neto, mas tem muita força de vontade. Faz tempo que ele sonha em fazer um curso de mecatrônica em Camberra. Diz que é a melhor universidade do mundo nessa área. É uma ciência nova, nem sei direito do que se trata. É que, depois do advento do computador, tudo é novo para mim. Nem me esforço mais para entender. Mas, como eu ia dizendo, ele é muito dedicado aos estudos. Puxou ao pai, que Deus o tenha. Jorge Filho era inteligentíssimo, brilhante até. Naquela época ele quis ir para São Francisco, na Califórnia, a Meca da cibernética. Deixou a Martinha, mulher dele, aqui comigo, Jorginho pequeno, recém-nascido, e lá se foi, aperfeiçoar-se no Vale do Silício. Infelizmente contraiu aquela doença. Esta tragédia, das muitas da minha vida, eu já contei ao senhor, seu Elói. Não quero ser repetitiva, desculpe. Ele pegou a tal doença, imuno-não-sei-o-quê, e acabou morrendo. De pneumonia, seu Elói, parece mentira, as pessoas não morrem mais de pneumonia. Hoje os antibióticos não fazem mais efeito, é tanta doença nova. E os laboratórios não são de confiança. O fato é que Jorge Filho não se deu bem com o clima, lá na Califórnia. Muito seco. E dizem que tem uma espécie de energia que vem da tal fenda de St. Andrews. Eu vi na televisão. Acho que ele se contaminou com essas emanações. Era uma doença muito rara, os médicos nem sabiam direito como tratar. Foi um horror. Quando ele voltou, para morrer nos meus braços, não o reconheci, tão magrinho estava. E meu marido, então? Pobre Jorge Otávio, o quanto sofreu. O senhor não o conheceu, mas sua família, sem dúvida, conhecia o desembargador. Homem de caráter, moral rígida, inteligência brilhante, orgulho da judicatura nacional. Coitado de meu marido, os homens são muito vulneráveis, muito frágeis para a dor. Foi definhando. Morreu pouco tempo depois.

— Imagino, dona Augusta, avalio seu sofrimento.

— Obrigada, seu Elói. E agora Jorginho quer seguir os passos do pai. Não posso impedir, é o sonho do menino, mas me aperta o coração. Camberra, do outro lado do mundo.

— Mas a senhora é forte, e os jovens...

— Isso é verdade, seu Elói. Eu continuo aqui, de pulso firme e rédea curta. Mantenho a minha família. A célula-mater da sociedade, como dizia meu falecido marido, o desembargador. Sabe Estela Augusta, minha filha? Ela não tem sorte, coitada. Primeiro aquele marido. Nem vou falar de novo, ando meio repetitiva. Essas coisas calam fundo. Estela Augusta é uma artista. O senhor lembra a galeria de arte que ela inaugurou? O senhor nos prestigiou, esteve no coquetel. Lembra como estava linda a festa?

— Sem dúvida. Como não, dona Maria Augusta.

— Infelizmente a galeria não está dando certo. Minha filha ainda não foi reconhecida. Arte é uma carreira ingrata. Eu sempre digo: "Não desanima, minha filha, olha o Vão Gogh, não vendeu nem um quadro em vida e deu no que deu". É que vivemos nesta sociedade de capitalismo primata, seu Elói, é uma cidade provinciana, não prestigia seus artistas. Fosse Rio ou São Paulo, já estaria nas alturas, nas programações da Globo, fazendo até ponta em novela. E olha que ela se esforça, coitada de Estela Augusta. Passou uma temporada em Florença, estudando com os melhores artistas. Tinha até um professor da Galeria Ufizzo que queria que ela ficasse trabalhando com instalações barrocas, parece que era, mas ela tem alergia ao frio e a pó de mármore, não pôde aceitar. E também por causa das gurias, ela morria de saudade das filhas, que ficaram aqui comigo. Ela é muito apegada, não se conformava com a separação. Foi quando decidi mandar as meninas para a Itália, para matarem a saudade da mãe. Elas adoraram! Aproveitaram para dar um giro pela Europa. Na maior economia, o senhor sabe. Mas aproveitaram. Voltaram falando inglês, francês e italiano fluentemente. E até um pouco de alemão elas arranham. Uma pena que estejam perdendo o vocabulário, não têm com quem praticar. A Camilinha está com uma proposta muito boa para trabalhar na Grécia, ou na Croácia, não sei bem. Ela ainda não terminou a PUC, mas eu digo como o desembargador: "O saber não ocupa lugar". Se for para estudar, sempre teremos recursos. Tudo o que eu gasto, seu Elói, não é comigo mesma. A não ser o chá e o joguinho com as amigas, não vou a nada. Mas ajudar minhas netas, ah! Isso eu faço, são o prolongamento da minha história.

— E a outra moça, dona Augusta, a Bianca?

— Agora a Bianca está muito bem. O rapaz está morando conosco, assumiu a criança, estamos bem felizes. Já sou bisavó, seu Elói! E parece que já vem outro por aí!

— Parabéns, dona Guta.

— Ainda não está confirmado, mas Bianca marcou consulta com a ginecologista ali do Moinhos de Vento, esqueço o nome. Acho até que sua mulher é paciente dela...

— ...

— Ah, não é? Então me enganei. Pois como ia dizendo, o rapaz é muito boa pessoa. Modesto, família simples.

Agora ele é meu motorista. Entreguei o carro a ele. Não tenho mais vontade de enfrentar este trânsito. Dei um carro novo para Estela Augusta e entreguei o meu ao Eclair.

— ...

— É. Nome estranho. O senhor sabe o que quer dizer "éclair" seu Elói? É relâmpago. Em francês.

— ...

— Pois não é? Ainda não esqueci o meu francês. E o Eclair é como um relâmpago. Quando chega clareia o ambiente e logo some, desaparece.

— ...

— Passa procurando emprego. Está difícil. Até já falei com o filho de uma amiga minha, pra ver se ele arranjava um emprego para Eclair. Ele não tem muito preparo. Rapaz pobre, largou os estudos para trabalhar. Tem boa aparência, poderia trabalhar num banco, atendimento ao público, ele leva jeito, é muito bom de conversa. Mas não tem sorte. Sabe seu Elói, não sei para que tanta capacitação que exigem hoje em dia. O que vale é um bom papo. Boa aparência é o principal. Ele seria perfeito pra trabalhar com Estela Augusta na galeria de arte, mas Estela é muito cônscia dessa coisa de classe social. Ela acha que Eclair destoa um pouco. E Estela tem gênio, implicou com a turminha do Eclair. Eu não. Eu gosto deles. É uma turma alegre, vão lá em casa para lanchar, escutar música. Eu acolho. É meu dever de cristã, não tenho preconceito social. É meu jeito de ajudar os menos favorecidos. O senhor precisa ver a algazarra que eles fazem. Me abraçam, me tiram para dançar. Dizem que sou a mãe que eles queriam ter. Eles são uma casa cheia. Às vezes um pouco turbulentos, mas velho tem que ter paciência, para não ficar sozinho. Quando estão assim, meio demais, eu subo e tomo um comprimidinho para dormir. Deixo a juventude ter seu espaço, se divertir. E pelo menos eu não estou abandonada, numa casa de velhos. Às escondidas de Estela Augusta eu até dou um dinheirinho para eles.

— Dona Guta, a senhora veio de carro? Não quer carimbar o cupom do estacionamento, para o desconto?

— Não, obrigada. Hoje eu vim de táxi, seu Elói. O Eclair tinha que apanhar uma encomenda lá para os lados do morro da tevê. Deixei o carro para eles e vim de táxi. E daqui vou ao escritório do meu advogado. Preciso tomar umas providências a respeito da pensão do desembargador. O senhor sabe, Estela Augusta recebe metade da pensão, ela é filha solteira. A sorte é que ela não casou no papel, com aquele marido dela, e o advogado garante que, se Estela Augusta adotar as crianças de Bianca, como filhos, quando ela vier a morrer, que Deus tal não permita tão cedo, as crianças continuarão recebendo a pensão do desembargador. Então, seu Elói, eu, que me preocupo por demais com a minha família, vou até lá, tratar de encaminhar esse assunto para poder morrer descansada.

— Claro, claro. Então, vamos ver seu saldo, Dona Maria Augusta?

— Meu Deus, seu Elói! É só isto o meu saldo? Onde vamos parar com este governo? Pensão de desembargador não dá para mais nada!

A ECHARPE AZUL

O avião perde altura e reduz a velocidade para pousar.

... são vinte e duas horas e trinta minutos, horário local, e a temperatura é de dez graus em Buenos Aires. Obrigada por terem voado conosco, desejamos a todos...

Olha pela janelinha e lá está Buenos Aires à sua espera. Buenos Aires e a família que foi visitar.

Parecia que se passara uma eternidade, mas apenas algumas semanas a separavam daquela noite, num hotel, nos Alpes, quando ela entrou, fechou a porta do quarto e caiu na cama, vestida, sentindo contrações no útero, como se fossem socos. Alarmada, passava a mão no ventre, por sobre a roupa, repetindo para si mesma:

— Estou ficando louca, devo estar ficando louca. Isso não pode estar acontecendo, na minha idade. Não posso me envolver com um estranho. Não conheço este homem. Nem vinte e quatro horas faz desde que o vi pela primeira vez. Eu não sei quem ele é; e eu sou casada, meu Deus, sou casada. Como fui permitir que chegasse a esse ponto? Por que não me desvencilhei quando ele me abraçou?

— Te acalma, criatura — dizia-se. — Afinal não houve nada, fica fria, foi apenas uma gentileza.

— Mas eu adorei a gentileza. Queria que ele tivesse prolongado a gentileza, queria que me tivesse beijado, entrado no quarto, ficado comigo!

— Era só o que me faltava! Toda vez que um homem te tomar pelo braço, e só tomar pelo braço, tu ficares desembestada, feito uma égua no cio.

— Ai, não! Por favor, que coisa grosseira! No cio, não! E toda vez também não! Que é isso? Desembestada? Te acalma, criatura! Te acalma.

Tentou raciocinar.

— Vou me acalmar. Amanhã serei mais prudente. Vou manter distância e não vou dar tanta importância a essas pequenas gentilezas. Isso é coisa de argentino. Vou mostrar a ele que sou uma pessoa civilizada. Também não preciso bancar a pulcra donzela, não sou nenhuma matuta. Posso até ser meio provinciana, não tenho hábitos mundanos, mas sou uma mulher civilizada e tenho uma reputação. Não posso me deixar levar por sentimentos passageiros, como se fosse uma adolescente, como as minhas netas. Meu Deus! Minhas netas! Não sou criança, já sou avó! Meu Deus! Avó!

— Te acalma, bebemos um pouco, foi só isso — repetia para si mesma, como se falasse a outra pessoa. — Relaxa, vai passar, vai passar...

Não conseguia dormir. Pensava nos detalhes da viagem, nas palavras que disseram, um ao outro, cada gesto, cada olhar.

Os olhos dele tinha uma eloquência, meigos, sorridentes. À noite, no restaurante, seus olhos pareciam ansiosos buscando-a e se acalmavam quando ela lhe sorria.

Observava as próprias emoções, aflita com a taquicardia, com os tremores, com o pulsar do útero, sentindo-se viva, emocionada. Queria chorar e as lágrimas não vinham. Sentia-se merecedora de um milagre e os pensamentos se embaralhavam, a realidade sumia.

Na manhã seguinte, quando desceu, já estavam todos no ônibus. Ele a esperava. Sentaram-se juntos e permaneceram calados.

A chuva recomeçara, e o ônibus corria manso pela autoestrada. O limpador de para-brisa batia compassado. Limpando, marcando.

Ele lhe tomou a mão e ela a deixou ficar. Ele a levou ao rosto, beijou-lhe a palma. Tomou seu rosto entre as mãos e beijou-lhe os lábios, os olhos, a ponta do nariz. Olharam-se.

"Essa é a mulher da minha vida", ele pensou.

— Você está tensa? — perguntou-lhe.

— Não, só um pouco assustada — respondeu, sincera.

— Vamos apenas desfrutar esse encantamento — ele disse.

— Mas eu sou casada — sussurrou.

Ele lhe soltou e mão e perguntou:

— Você é feliz no matrimônio?

Ela pensou um pouco e disse:

— Não, já não sou feliz como antes. Mas ele é meu marido. Estamos passando um momento delicado, e eu não gostaria de discutir esse assunto com você. Desculpa.

Depois de um longo silêncio, ele disse:

— Você tem razão. Peço desculpas. Vamos observar, ver o que está acontecendo conosco, com nossos sentimentos. Somos mais que adultos, somos maduros. Não vamos criar um drama. Sem precipitações, de acordo? Vamos desfrutar a companhia um do outro. Vamos desfrutar a viagem?

Ela pensou: "Por que diabos ele está tão racional? Ontem à noite parecia mais passional. Observar emoções. Emoção bate e pronto. Não tem que ficar observando. Emoção não é experiência de laboratório. Eu estou louca por ele! Por que ele não me arrasta, me carrega para esse bosque, na beira da estrada, me...".

Ele pensava: "Será que ela é assim sempre, tão comedida, tão ponderada? Será que avancei o sinal quando pus em dúvida sua felicidade conjugal? Sinto raiva só de pensar no marido!".

Ela, pensando: "Ou então ele mandava parar o ônibus, mandava todo mundo descer...".

Ele: "Quando eu a toco, ela não resiste e fica toda molinha, e eu fico louco para levá-la para a cama".

Em voz alta, falavam da paisagem, de cinema, de filmes antigos. Não falavam de sentimentos.

À noite, no hotel, saíram para jantar e dançar. Quase calados, sentiam-se apenas.

Como que casualmente, ele perguntou:

— Você está observando seus sentimentos?

— Me rendi a eles — respondeu.

Foram juntos para o apartamento dela.

Quando amanheceu, já haviam decidido deixar a excursão e ficar um tempo na pequena cidade. Ele tomou todas as providências, trocaram de hotel, alugaram um carro e viveram os dias mais inesquecíveis de suas vidas.

Não podiam, nem queriam, entender o que lhes acontecera. Estavam apaixonados, descobrindo-se um ao outro, embriagados um do outro. Ela, encantada com o cavalheirismo dele, discreto, elegante até as últimas consequências, bem-humorado.

Ele se apaixonara, dizia, por seus olhos e cabelos castanhos, mas, de fato, adorava-lhe o senso de humor, o riso solto, a alegria de viver.

Ele, monoglota como um inglês. Ela multiglota, exibidoglota. Tinha facilidade com os sons e falava até russo, dizia, depois do terceiro copo de vinho.

Olhando-se no espelho, via-se quase bonita — as marcas da idade atenuadas na semiobscuridade do entardecer. Seria a felicidade a responsável pelo rejuvenescimento? Não tinha vergonha de seu corpo, e ele achava seus seios de uma beleza comovente.

Uma tarde ele lhe comprou uma echarpe de levíssima seda azul. Enrolou-a ao redor de seu pescoço e disse:

— É para que você não me escape.

E beijaram-se. E amaram-se, e desfrutaram até o último átimo da felicidade que a vida lhes colocara, sem anúncio, nas mãos, naquela etapa de suas vidas.

E um dia deram-se conta de que deveriam voltar. A ela caberia a decisão mais difícil — romper um casamento de mais de trinta anos para ir ter com ele. E se acovardava.

Na véspera da partida, ressentido pelas reticências dela, ele disse:

— Vamos viajar amanhã à noite, e você ainda não me disse quais são seus planos. Vou passar o dia fora e deixá-la mais à vontade para pensar. Você está cada vez mais tensa. Precisamos tomar essa decisão juntos, e eu estou te pressionando. Desculpe, preciso ficar sozinho. Vou sair para andar, volto mais tarde.

Ele vestiu a gabardine, colocou um chapéu, porque chovia, e saiu, sob a chuva, sem beijá-la.

Ela se deixou ficar, tentando ordenar os pensamentos. O que fazer? E quando essa paixão acabar? Porque acabaria, um dia. A rotina desgasta os sentimentos. O que será isso que chamamos de amor? Não queria perdê-lo, a esse homem que acabara de conhecer. Teria coragem e dignidade para tomar uma decisão? Como fazer tão drástica modificação em sua vida? E se tudo não passasse de uma aventura, uma história de viagem apenas? Seria esse sentimento amor ou apenas desejo? Sentia-se viva, palpitante e temerosa. Sem poder serenar, sufocava com tantos sentimentos. Os limites do quarto a esmagavam. Saiu. Andou um pouco pela beira do lago, fazia muito frio, e ela voltou. Tomou um banho quente, preparou um chá e, quando começava a vestir-se, ele voltou.

Correu para abraçá-lo. Disse, surpresa:

— Você fumou.

— Sem cobranças — ele disse, afastando-a.

— Não estou cobrando. Você mesmo disse que não ia mais fumar, porque o cigarro te faz mal.

— Tanto quanto a incerteza dos seus sentimentos a meu respeito e dos rumos que daremos às nossas vidas — respondeu.

Ela ficou assustada. Ainda não o vira assim, áspero. Ele estava pálido.

Tomou-o pela mão e disse:

— Venha, vou preparar um banho quente, pra você relaxar, vou te agasalhar.

Abriu a torneira e, enquanto o vapor da água inundava o ambiente, ela o despiu e ajudou-o. Ele continuava calado, taciturno. Preparou-lhe um chá, deu-lhe uma aspirina, colocou-o na cama e aconchegou-se a ele, para aquecê-lo. Meu Deus! Ela o amava mais do que tudo, mais do que nunca. Temera perdê-lo. Desesperara-se ao vê-lo sofrido e infeliz. A certeza que lhe faltara antes tinha agora, queria-o, sim, e para sempre. Deslizou por sob as cobertas, abraçou-o como a um menino, secou seus cabelos grisalhos com a toalha, puxou sua cabeça para junto de seus seios, onde ele afundou o rosto. Ela acariciou seu peito, desceu a mão pelo ventre em direção ao pênis e o encontrou em repouso. Ele lhe retirou a mão, com energia.

— Não posso te perder, não quero te perder — ela dizia.

Aquela noite eles não se amaram. Sentiam-se definitivamente marido e mulher.

Fazia uma semana que voltara da viagem e ainda não tivera coragem para a difícil conversa com o marido. Via-se a si mesma como uma miserável, uma traidora.

O marido achava que ela voltara doente, e sofria.

Uma noite ele foi ao quarto e pediu explicações. Ela lhe contou tudo, ou quase. Ele ficou estupefato, não queria acreditar e não sabia o que fazer. Ela chorava, e ele já não podia consolá-la. Com uma calma controlada, ele se vestiu, tomou as chaves do carro e disse:

— Vou para a casa da praia. Preciso ficar só.

Ela se afligiu. Temeu por ele, na estrada, altas horas da madrugada. Queria correr ao telefone, mandar uma palavra para o amante e não sabia o que dizer, como dizer. Os dias passavam, e não havia nenhum telefonema. Ela mandou e-mails, e ele não respondeu. Ela insiste: deixa recados na secretária. Nenhuma resposta. Lembra-se de um cartão, o primeiro que ele lhe dera, com endereço do trabalho. Decidiu chamá-lo, constrangida, angustiada.

Ficou com o fone no ar, paralisada, escutando a gravação.

— ... não estamos atendendo em virtude do falecimento de nosso diretor.

Desligou e ligou novamente. Ouviu a mesma gravação. Ligou mais uma vez e, num fio de voz, conseguiu dizer:

— Aqui fala Alícia. E desligou.

Quase que imediatamente o telefone tocou, e uma voz disse:

— Alícia?

E relatou o que ocorrera. Infarto.

Tirou o carro e foi para a casa da praia. Precisava falar com o marido. Quando alcançou a autoestrada, começou a chover. Ela ligou o limpador de para-brisa, e o barulho compassado limpava, marcava. O quê?

Quando ela chegou à casa, ele estava no jardim. Surpreso, convidou-a a entrar. Ela disse que só queria tomar um copo de água. Irônico, com um gesto de mão, ele disse:

— Entre, a casa é sua.

Ela relatou o que acontecera com o outro. E disse:

— Vou viajar. Preciso falar com a família, saber o que aconteceu.

— Bastava me telefonar, não precisava vir.

— Precisava falar com alguém. Precisava de ti. Desculpe te incomodar.

Diante do sofrimento dela, num tom um pouco menos ácido, passou o braço sobre seus ombros, disse:

— Sempre fui um bom ouvinte.

Doía contemplar tamanha dor.

... até o total desligamento dos motores...

Apanha seus pertences e encaminha-se para a saída. Traz apenas uma bagagem de mão. Não foi difícil reconhecer o grupo que a esperava. Todos se pareciam um pouco com Juan Carlos. Abraça-os, calada. Um frio corre-lhe a espinha quando ouve a voz do irmão, que diz:

— Alícia — e a abraça.

A mesma voz, a mesma pressão do braço ao redor de seus ombros, e assim ele a conduz até o estacionamento. Entram no carro, quando a echarpe de seda azul que ela usa escorrega. Ele a apanha e a recoloca ao redor do pescoço dela.

— Gostaríamos que você não nos escapasse — e, tomando-lhe a mão, beija-a.

Acomodam-se no carro, que começa a rodar. Ele liga o limpador de para-brisas. Começa a chover em Buenos Aires.

A CASA DAS CORRENTES

No alto da coxilha, por detrás do arvoredo, nos escondíamos. Ali nos espalháramos, feito musgo, agarradas às pedras, e sobre elas nos construímos.

No começo, nos gestávamos em ranchos de torrões de terra e de pau a pique. Depois, durante quase duzentos anos, nossos tijolos foram-se reproduzindo e nós nos tornamos espaçosas, sólidas e altivas.

Fingíamos indiferença a quase tudo que acontecia fora de nossas paredes e de nossos limites, para além de nós mesmas.

Por muito tempo ignorávamos o que não fosse história de nossas famílias: as disputas, os dramas, as paixões e os infortúnios. Nossas lutas e nossos lutos. Falseávamos a realidade para não ver a cera derretida que cimentou nosso chão, cera de todas as velas queimadas ao longo de mais de um século, acendidas pelas mãos e pelo sofrimento de tantas mulheres, nas noites de temporal, durante os cercos das revoluções, nos velórios e nos batizados, nos casamentos das várias gerações de famílias, entreveradas por interesses de heranças de terras lindeiras ou por alianças políticas. Queimaram-se libras de velas cuja cera escorria esculpindo lágrimas.

Carcomidas pelo tempo, disfarçadas pelas sombras das árvores, observamos, agora, o raro movimento da estrada de chão batido, que leva à vila. Na semiobscuridade dos inúmeros quartos mal arejados, cheirando a bolor e madeira velha, por debaixo da pintura desbotada das paredes que escamam pela umidade, muitas cenas estão gravadas. Indeléveis, ainda que manchadas, como as velhas películas de celuloide.

Longe vão as noites de primavera quando o vento soprava pelas frestas das janelas e assombrava o sono das crianças. Quando ouvíamos os assovios de velhos violinos desafinados, semelhantes aos sons que saíam do fundo do peito de gerações e gerações de tísicos que ali se finaram: as faces magras, os olhos encovados, as bocas abertas na angústia agônica, na ânsia da última golfada de ar para seus pulmões carcomidos e encharcados de sangue.

Ainda ontem, parece, éramos plenas de risos, de cores e do movimentado vaivém dos que nos habitavam, dos que nos visitavam; das crianças que aqui nasciam e cresciam agasalhadas por nossas paredes; de jovens, dos amigos que vinham da cidade grande passar as férias de verão. Da música que surgia da vitrola, nos compassos dos tangos, das valsas, dos boleros.

O calor do fogão à lenha aquecendo as noites de nossos invernos dava-nos vida. Odores brotavam da cozinha, atiçando os paladares. As tigelas de ambrosia, as travessas de arroz-doce, salpicadas de canela em pó, o chocolate quente coroado pela colherada de merengue, servido em xícaras altas.

O cheiro dos pães e dos bolos assando no grande forno do final do corredor nos inundava em dias de padaria.

O chamamento para a reza nas noites do mês de maio. As velas acesas projetavam sombras dançantes nas paredes caiadas, durante o recitar das ladainhas e dos responsórios:

— Se milagres desejais...

Era a devoção das mulheres, as mesmas, sempre as mulheres, cabeças cobertas, curvadas sob o peso de finas mantilhas de renda preta, que puxavam longos suspiros do fundo do peito.

Agora, pelos corredores bolorentos, só a voz queixosa e a tosse seca da velha Mariquinhas ecoam, sem resposta, clamando por ar. O corpo frágil estertorando dentro das roupas largas numa quase ausência de volume sobre a enorme cama de ferro.

— Ela está se finando — murmura a irmã.

— Sim, está se finando. Tísica e seca, a pobre — retruca a criada.

— É. Como sempre foi em vida. Seca de amor.

Odyla, a remanescente, disse isso e ergueu-se da cadeira onde estivera sentada, junto à cama da moribunda. Apoiada à castanha de prata da bengala, caminhou até a penteadeira. Ajustou a banqueta e os espelhos laterais para ver-se melhor, frente e perfil. Olhou o rosto refletido no espelho, admirou o castanho prateado de seus cabelos e os tons cor de palha do vestido de seda pura.

— Estou velha, mas ainda digna — disse em voz alta. — Claudicante, não paralítica. Não ficarei acorrentada a essas casas. Assim que Mariquinhas fechar os olhos, entrego a propriedade aos investidores.

Lá do alto, por detrás do arvoredo, ouvíamos o ruído dos motores e avistávamos a fileira de caminhões, subindo a coxilha.

UMA ESTRANHA NOITE EM NICE, OU CANNES, OU CAP ANTIBES, ENFIM, NÃO IMPORTA...

Jamais vira um orangotango em minha vida. Nem em circo. Nem em zoológico. Não saberia como me comportar diante de um. Era tarde da noite, e foi tudo meio que de repente. Eu estava sentada num banco, na pérgola da Promenade des Anglais. (Ou era na Croisette?) Não importa. Olhava o Mediterrâneo com o respeito religioso com que sempre olho para esse mar interior, repositório e túmulo da caminhada da humanidade. Tudo o que se passou às suas margens, sobre suas águas, tudo o que jaz, ou jazeu, sob elas, nos diz respeito. Explica-nos. Como somos, como nos desenvolvemos. Explica nosso caráter. A história, o mito, a lenda, as conquistas, as derrotas, os êxitos, os fracassos. O caráter do homem ocidental se gestou aqui, nas águas desse mar fechado em meio às terras. O Grande Azul.

Um dia, há muito tempo, eu jurara, sobre suas águas, e tendo-as por testemunho, que jamais alguém me haveria de humilhar. Mas isso é outra história.

Alguém sentou-se no banco, a meu lado, trazendo-me de volta à superfície. Era um orangotango.

— *Chose étrange* — diria meu querido e saudoso professor.

Estávamos em Nice, ou Cannes, pouco importa, diante do Mediterrâneo. E o que se vê em Nice, ou em Cannes, não se discute. Viu, está visto. Existe. Se Ionesco pôde ver, por que não eu?

Era um orangotango, sentado a meu lado. E ele me perguntou:

— Madame, por favor, que horas são?

— Nove e quinze — respondi.

— Da noite, quero crer?

— Sim, da noite. Não notou? Já está escurecendo.

— Nunca se sabe, madame. Nunca se sabe.

Falava francês com um sotaque estranho. E o que me chamou a atenção é que não era aquele sotaque típico africano: "c'est vrrai, c'est vrrai".

Esse outro acento eu não conseguia distinguir. Fiquei curiosa. De onde teria saído o diabo desse orangotango com tal sotaque?

Eu tinha duas alternativas: ou me calava, ignorava a presença do orangotango e, discretamente, me afastava dali. Ou ficava. Fiquei. Para puxar o fio da meada e ver aonde iria dar tudo aquilo. Poderia render uma boa história.

Estava um pouco insegura, não sabia por onde começar a conversa. Falar do tempo era muito óbvio. Resolvi arriscar. Puxei o fio da meada.

— O senhor não é daqui? — pergunta em tom afirmativo.

— Claro que não, madame. A senhora há de convir que não se veem muitos como eu, neste país, fazendo turismo.

— Ah! O senhor viaja a turismo, não a negócios?

— Sim, digamos que sim.

— Bem, é que, atualmente, com o deslocamento das populações, vê-se de tudo. Quero dizer, muitos estrangeiros, das mais variadas etnias...

— Madame tem razão. Vê-se de tudo. Eu disse à minha mulher, antes de viajar: "Seu marido vai chamar atenção".

É casado. Uma informação.

— Minha mulher e meus filhos nunca saíram das Ilhas Maurício, onde vivemos.

— Interessante. O senhor é, pois, africano?

— Não exatamente, madame. Somos indianos. De origem. Meus antepassados se radicaram nas ilhas desde tempos imemoriais. Bem mais recentemente, por volta de 1500, fomos descobertos por navegadores portugueses, depois fomos colonizados por franceses, holandeses, ingleses. Hoje somos um Estado independente.

Esse cara está me gozando. Quem foi descoberto em 1500, por portugueses, fomos nós. Aonde será que ele quer chegar com essa conversa mole?

— E Madame, de onde vem? Do leste europeu?

Era a minha vez de tirar sarro da cara do sujeito. Está me achando com cara de romena? Albanesa? Conversa chata, essa.

Respondi, educadamente:

— Não, cavalheiro, ao contrário. Eu venho do extremo ocidente.

Frisei a expressão.

— Interessante. Perdoe-me se não estou a alcançar a localização. Geograficamente, quero dizer.

— O extremo ocidente — acentuei — é do outro lado do Atlântico, senhor.

— Interessante, muito interessante, repetia. É uma região de florestas, de grandes florestas. Meus antepassados eram seres de floresta... Interessante. Madame, tão civilizada, tão bem-informada, parece um pouco surpresa por estar conversando com um estranho, e a essas horas.

— Pois não é? Meio tarde. Mas, como dizem na minha terra, se a prosa está boa a gente segue proseando.

Orango avaliava a minha condição de ser civilizado como se, no extremo ocidente só houvesse, digamos, primatas. Eu já estava farta de, ao longo de minha vida, me desculpar, de explicar que no extremo ocidente usávamos roupas, comíamos com talheres, íamos a universidades e conseguíamos falar mais de um idioma, além do nosso patuá nativo.

Enfim, não importa. Conversamos sobre muitas outras coisas, a chamada conversa fiada, solta, sem comprometimento. O fio da meada, que eu pretendera puxar, não se desenrolou muito além da superfície do novelo. E a mim já não me interessava saber-lhe vida, paixão e morte. As horas iam passando frente ao Mediterrâneo. Agradáveis, horas plenas, e isso me bastava.

Quando Orango, discretamente, olhou seu relógio de pulso, um magnífico Rolex, na extremidade de seu longo braço, pensei comigo: "Se ele tem relógio, por que perguntou as horas?".

Simulou ou, realmente, sentiu um leve susto.

— Macacos me mordam! São quase quatro da manhã. Como o tempo passou rápido. Hélas! Demasiado rápido, madame. Se eu não correr, perco meu voo para Stockholm. *Désolé*! Preciso voar para o aeroporto. Perdoe-me a pressa. Foi uma honra desfrutar de sua amável companhia nesta noite magnífica, mágica. Pelo menos para mim. Espero revê-la um dia, madame. Adeus!

Disse isso num francês fluente e impecável, sem sotaque, já em pé, acenando para um táxi.

Olhei as horas no meu relógio de camelô: três e cinquenta e cinco. Na linha do horizonte, à minha esquerda, uma fímbria de claridade começava a se delinear. Algumas horas antes, poucas, eu vira o ocaso sobre o Mediterrâneo. Agora via o alvorecer. Imutável e perpétua marcha do tempo sobre o Grande Azul.

Levantei, dei uns passos para destravar as articulações, me espreguicei.

O que se vê em Nice, ou em Cannes, não se discute. É real. Viu, está visto. Existe. Enfim, não importa.

REVISITANDO MACHADO

Não eram onze horas da noite. Ele estava pronto, caminhando de um lado para o outro na sala, esperando a hora de sair para o baile. Ajeitava a gravata-borboleta, olhando-se no espelho do hall, e concluía, com uma certa satisfação, que o smoking emprestado tinha um bom corte. Os cabelos bem penteados. Domada fora-lhes a rebeldia com uma boa aplicação de brilhantina.

Inclinou-se ligeiramente para frente e visualizou as pontas dos sapatos novos, de verniz preto. Fitou-os seriamente, como a pedir-lhes cumplicidade nessa noite especial. Que não o traíssem, não lhe molestassem os pés, desabituados a sapatos novos, que intercedessem por ele, junto às musas, na hora das danças.

Preparava-se para encontrar a dona dos mais belos olhos castanhos, dos cabelos negros, longos e sedosos, dos lábios carnudos que sabiam a mel. Todos os anseios, os planos para o futuro, as esperanças, qual! a certeza da felicidade, tudo lhe vinha à alma. Ensaiava as frases, cada palavra, a inflexão da voz, o sorriso comedido que poria nos lábios para declarar seu amor, suas intenções, suplicando, sim! Suplicando-lhe a mão em casamento. Devaneava com a reação que teria sua deusa, o leve arfar dos seios, o cerrar das pálpebras. Sentia o peso daquele corpinho frágil, caindo-lhe nos braços, sorrindo e murmurando: Sim! Sim!

Voltou a si, de supetão, ao ouvir soar a campainha da porta. Foi atender, pressuroso, certo de que era o amigo que vinha apanhá-lo para irem ao baile.

Ainda não disse, mas esta história se passou em Porto Alegre, lá pelos anos cinquenta do século passado.

Teodoro, esse é o nome do moço, não morava sozinho nessa casa apalacetada da Avenida Independência. E nem poderia. Modesto era o jovem estudante, que viera da campanha para cursar Medicina na capital, com enorme sacrifício de sua família. Não fora a generosidade de seu padrinho, dr. Calixto Pereira do Canto, cirurgião afamado, e de sua esposa, dona Elisinha de Morais Castanheira do Canto, que o hospedavam com bondade e fidalguia, Teodoro moraria provavelmente numa daquelas repúblicas da Cidade Baixa.

Era moço inteligente, esforçado e cumpridor. Para além dessas virtudes possuía dotes físicos: alto, quase louro, atlético.

Pela primeira vez iria ao réveillon no melhor clube da cidade. Desde que conhecera Anelise, a dama de seus encantos, decidiu não tirar férias. Trabalhou muito e conseguiu uma vaga como residente no pavilhão 17 da Santa Casa de Misericórdia, apadrinhado, é claro, por dr. Calixto, amigo e correligionário do diretor do nosocômio.

Interrompido em seus devaneios pelo tilintar da campainha, foi abrir a porta. Deparou-se com a figura do bacharel Aristeuzinho, filho do célebre dr. Aristeu Schneider Machado, figura influente na política, íntimo do Juscelino.

"Mas que calamidade", pensou Teodoro, "logo o maçante do Aristeuzinho."

Além de maçante era uma figura bizarra: baixinho, atarracado, pernóstico, metido a escritor. Suava em bicas, tresandava a cerveja e a chucrute, engessado num terno de linho branco, sapatos bicolores, gravata grená, combinando com o lenço de seda que levava à boca toda vez que precisasse disfarçar um discreto arroto. Sobraçava pastas repletas de laudas de papel datilografadas. Enfim, Aristeuzinho em carne, gordura e ossos, postado à porta, afetando ares de intelectual. Frequentava um grupo de postulantes a escritores, uma espécie de academia literária, que se instalara lá para os lados da Cidade Baixa, grande novidade na época.

Aristeuzinho foi dizendo:

— Ah! Meu caro amigo! Sabia que estavas na cidade e imaginei se estarias sozinho nesta noite de ano-novo. Pensei se não seria uma ótima oportunidade para te falar do grupo que estou frequentando. Estou ensaiando novos voos. Estou escrevendo um romance, um épico, melhor dizendo, e tem como pano de fundo a Guerra do Paraguay, assim com y. Narro a saga de um alferes que, ao voltar do campo de batalha, traz na garupa uma indiazinha de doze anos e a entrega à sua mãe para terminar de criá-la, enquanto ele volta ao front para lutar por seus nobres ideais. Esta indiazinha viveu até os cento e um anos, deixando enorme descendência, em cuja me incluo, com muito orgulho. Estou um tanto inseguro quanto a alguns pontos, não tanto quanto ao conteúdo, mas quanto à forma. Sou rigorosíssimo nos detalhes e quero muito tua opinião, tu, leitor dos clássicos, mestre em próclises e mesóclises. Tenho, também, dúvidas quanto às clivagens...

Teodoro, moço educado, não podia ser rude: Aristeuzinho vinha a ser contraparente de dona Alayde Aguiar de Medeiros, mãe da bela Anelise, a dama de seus encantos. E ele, no fundo, contava com os favores do bacharel ao pé da família Aguiar de Medeiros.

Postou-se, educadamente, a escutar aquela verborragia, até encontrar, timidamente, uma brecha para dizer:

— Aristeuzinho, é um prazer te receber e uma honra poder te ajudar, mas, como podes ver, estou pronto, à espera de um amigo, para irmos ao réveillon.

— Ah! Sim, claro! Mas ainda é cedo, meu caro Teodoro, e o clube é perto, num instante estaremos lá. Poderíamos dar uma rápida vista d'olhos nos originais do meu épico, ou talvez fôssemos mais ágeis se eu os lesse em voz alta, estou familiarizado com o texto, aprecio leituras dramáticas, tenho cá meus dotes histriônicos. Sei ser enfático. Já andei mesmo pensando em fazer teatro, mas tu sabes, todo esse preconceito. Teria que voar para longe, São Paulo ou Rio de Janeiro. Aqui na nossa província corre-se o risco de ser mal-interpretado, tem toda essa coisa do nome da família...

Era um pernóstico. Cultivava as proparoxítonas, apaixonado pelo som da própria voz. Teodoro, com muito tato, tentou mais uma vez o assunto do réveillon. Em vão. Quando mencionou o nome de Anelise, percebeu um leve tremor numa das pálpebras de Aristeuzinho, que desviou o olhar, pigarreou e disse:

— Claro! Sim, sim! Pois não, a Anelise. A menina dos olhos de prima Alayde. E iniciou diligentemente a leitura dos originais do seu épico, investindo, decidido, na descrição pormenorizada das batalhas da guerra do Paraguai, quando um brioso alferes do exército imperial emprenha uma indiazinha de apenas doze anos.

E a leitura prosseguia, na voz afetada de Aristeuzinho.

No começo Teodoro aplicou-se à escuta da leitura do texto, prestando atenção às lítotes e às metonímias, mas, após algum tempo, já não ouvia o que o outro lia, com o desconforto do calor e o mau cheiro dos flatos que, disfarçadamente, o autor do épico deixava escapar. Angustiado, pensava no réveillon, no amigo que não chegava nunca para apanhá-lo. Teodoro cabeceava de sono e, envolvido por uma espécie de nevoeiro, mergulhou num torpor que não era sono nem sonho, era uma angústia que o nocauteava. Lutava para manter-se lúcido. Via-se ora no baile, enlaçando Anelise pela cintura, a mão descendo em direção às suas ancas arredondadas, ora na enfermaria 17 da Santa Casa, onde cavalos, vindos dos campos de batalha às margens do Ibicui, passavam a galope, despejando nos leitos amarfanhados da enfermaria, dezenas de crianças índias para ele curar. E havia uma luz rutilante que o cegava, e ele viu que era o sol, entrando pela janela aberta. O calor não se aplacara e não havia nem rasto de Aristeuzinho. Escafedera-se deixando atrás de si um odor nauseabundo que empestava a sala.

O relógio de parede bateu cinco badaladas. Foi então que ele realmente acordou.

Correu para o telefone, preso na parede do corredor e apanhou o fone, mas estacou. Recolocou o fone no gancho: era demasiado cedo para telefonar para a casa de Anelise e demasiado tarde para ir ao baile. Ainda assim saiu correndo pelas ruas rumo ao clube. Talvez... talvez...

Os últimos foliões desciam as escadarias do clube, suarentos, cantarolando "foi a camélia que caiu do galho, deu dois suspiros e depois morreu...". A orquestra já se calara.

De longe ele avistou Anelise, despenteada, desalinhada, linda, feliz, rindo abraçada ao amigo que o levaria ao baile.

Viu os dois entrarem no Aero-Willys azul e branco.

Aristeuzinho, logo atrás, uma garrafa de cerveja na mão, a testa suada pregada de confetes, a camisa desabotoada e colada ao corpo, com uma salsicha Bock pendurada no pescoço à guisa de chupeta, cantarolava: "Mamãe eu quero, mamãe eu quero...".

CON / DI / VERGÊNCIAS

Amadeus

Afinal, o que nós temos em comum? Rô é completamente doida, e Clá está me deixando louco. Essa história pode se transformar numa combinação explosiva. E se o marido de Rô descobre o local dos "plantões"?

Minha principal atividade, ultimamente, tem sido aplacar a voracidade de Rô, e isso não é para qualquer um. Ando negando fogo.

E agora surgiu Clá. Clarissa, loura, engajada e rica. Parece praga. É superior à minha vontade, acabo sempre atraído por gente dos mais diversos temperamentos, comportamentos, origens, gente de toda laia.

Gente dessa laia: expressão que as negras da cozinha de meu avô usavam quando se referiam a meu pai, que eu não conhecia. Eu pensava que havia sido adotado. Ouvira contar histórias da minha origem, da minha cor e da escolha de meu nome. Um dia escutei as criadas fofocando:

— Quem ama dá. Ela ama, deu! — e riam-se, às gargalhadas.

Pois é, eu me chamo Amadeus.

Meu avô dizia que meu nome era uma homenagem a

Mozart e me pôs a estudar piano. Ou porque eu não gostava de meu nome ou porque achava Mozart muito difícil, canalizei minhas preferências para Vivaldi, cuja música me encanta, me enternece. Quando vim morar no sul e vivenciei as diferenças tão encantadoras das cores, das luzes a cada estação do ano, me apaixonei pelo sul e por Vivaldi.

Rô

Estou só observando as reações da Clarissa. Toda metida à engajada — e já está de quatro por ele. É uma idiota! Pensa que ninguém percebe. Fica disfarçando. Val, tu já era, menina! Como tu é burra! Não te anula, mendigando carícias e afagos como quem pede um trocadinho na sinaleira. Cara! Quanta falta de autoestima. Por favor! Vai te analisar!

E o que dizer dele, então? História complicada. Eu já estou farta dos dramas, dos negaceios. Posudo, é o que ele é. O relato de família nobre, avô senador, mãe grã-fina desmiolada. Esses papos de carioca... Vai ver é tudo da Rocinha, a mãe uma vagaba de subúrbio. Ou, quem sabe, o pai é um gringo que veio experimentar o exotismo tropical, emprenhou uma passista de escola de samba e se mandou. Ah! Sei lá. Por que eu ainda perco tempo com essas histórias mal contadas? Não passa de um alpinista social. Pensa que pode me impressionar. Eu gosto de aventura, meu camarada, gosto de fazer laboratório. Sou um prato cheio para o meu analista. Que, aliás, está querendo me comer. Qualquer dia eu dou para ele, coitado! Desonro a classe dos psicanalistas antes que ele desonre a das ginecologistas! Enquanto isso vou criando meus personagens. Já, já vou estourar no meio literário. Laboratório é o canal. Não tem essa de oficineiro. É na vivência que tu pegas o embalo. Oficina é lero para grã-fina desocupada, metida a intelectual. As pseudas, como diz meu sobrinho. Patricinhas metidas a engajadas. Eu sou mais eu, sou Rô, a descolada.

Clarissa

Logo hoje a Lu e a Fê mandaram me convidar para um supermegameeting com o pessoal do PSOL. Não tem como. Estou hipernervosa! Tão nervosa, nem tenho mais unhas, meus dedos estão sangrando. Estou derrubadérrima. O que são as festas no apê da Rô! Os troços que eu bebi. Cara, não nasci ontem, mas aquilo estava híper! Demais da conta. Até agora ainda estou nauseadíssima. Olha que sempre gostei duma farrinha, mas nunca, *jamais de la vie*, me senti assim. Será que me ferrei com o deus etíope? A minha relação com a Val ia superlegal. Eu adorava a Val com seu jeitinho meigo de menina desprotegida. E agora estou enjoando até o cheiro dela. E aquela simploriedade que me encantava está me dando nos nervos. Sei lá se é burrice ou ignorância, mas ela é tapadésima, a pobre da Val. Só eu aqui, a supercega, é que não via. Quando ela me perguntou, na boa, se ia dar para ver a linha do Equador quando a gente viajasse de navio, me deu uma salivação.

O fato é que alguma coisa de muito diferente aconteceu na noite em que encontrei o etíope na cama da

Rô. Não paro de pensar nele, *mon lybien*. Foi demais. Há quanto tempo os pênis não me emocionavam? Realmente nunca me atraíram muito, mas aquela noite, na cama da Rô, tive tesão por pênis! Tu vê, guria! Megatesão! Cara! Foi fantástico! Quando ele veio para cima de mim, com aquele farol da Alexandria iluminando a minha noite, penetrando as regiões abissais de minhas entranhas, meus deuses! Perdi a noção da realidade. Perdi o controle da situação! Quando voltei da viagem, e vi a cara da Rô... Ela tava súper sem graça. Foi aí que realizei. Caí na real. Rô, a Toda Poderosa, a descoladésima, a que domina a cena, estava à margem. Cedeu espaço. Abandonou o ringue e ficou lá, brincando com a Val. O etíope foi um mega-arraso com aquele corpo de modelo da Calvin Klein! Que orgasmão! Não tinha fim! E eu não vi nem sombra de pílula azul, foi natureba pura, um estupro nos meus sentimentos e nas minhas convicções! Cara, ele é do DEM! Quando eu contar para a Lu e para a Fê...

Amadeus

No Rio, quando garoto, eu era muito novinho para compreender por que minha avó não queria que eu brincasse na praia, ou que me expusesse muito ao sol, como meus primos, garotos feito eu, quando jogávamos futebol. Ela me chamava para dentro, para a sombra, e queria me impor um chapéu.

Minha mãe não se importava comigo. Sempre ausente, correndo atrás de emoções, ela dizia. Ela era loura, frágil, linda e perfumada, e eu a amava, mas a via tão pouco. Ela ficava mais tempo no Rio do que na nossa casa em Angra. Eu não compreendia as diferenças da cor de nossas peles e os meus cabelos cacheados. Tão rebeldemente cacheados que minha avó, toda a santa noite, cumpria o ritual de passar condicionador, pentear e escovar meus cabelos e colocar na minha cabeça uma touca justa, na tentativa de domá-los. Fora isso eu era quase igual a todo o mundo. Quando cheguei à adolescência e meus traços se acentuaram, meu avô me mandou estudar em Ouro Preto e não no Rio, para onde iam os outros garotos da família.

Passaram-se vários anos até que eu conhecesse meu pai biológico. Fui procurá-lo para encontrar o fio condutor do labirinto da minha origem. Ele fora marinheiro do iate de meu avô, homem de sua inteira confiança. Minha mãe, jovem, o assediava, ele se apaixonou por ela e, numa dessas festas de orgia e bebedeira, rolou de tudo. E resultou em gravidez. Minha mãe só foi ter certeza mesmo de quem era o meu pai quando viu a cor da minha pele, os meus traços. Mas ela já tinha inventado uma história de estupro, e meu pai gramou alguns anos de cadeia.

Clarissa

Estou ferrada, perdi meu eixo. Eu, tão segura das minhas convicções. Estão todas indo por água abaixo. A Val e seu comportamento discreto, que o pessoal lá do vale aprecia muito, não levanta suspeitas e mantém as aparências. A mim, não incomodam os comentários, mas, a eles, coitados, superconservadores... Bom, a Val. A Val já era. Quero viver a minha vida, talvez pegar uma bolsa lá fora.

Grana não é problema, claro, mas se eu fosse com bolsa seria muito melhor para a minha autoestima. Alugaria um *studio*, convidaria alguém para passar uns tempos comigo. Falei para o etíope dos meus planos, alcancei a ele um cálice de vinho e pedi que me acompanhasse. Ele me chamou de Salambô e me beijou. Deslizamos rumo à eternidade e ao esquecimento, tangenciando os silêncios do infinito.

Amadeus

Ela me leva à loucura, a mim, que não conseguia controlar meu gozo. Ela me mantém em ereções infinitas, me conduz ao núcleo das nebulosas que explodem em miríades de luzes e cores, aljôfares iridescentes. Ela me sufoca de prazer, essa garota ousada, superlativa, absoluta, que conheci na cama de Rô. O que faço com ela? O que faço com Rô? O que faço comigo mesmo?

Clarissa

Meus deuses, estou grávida! Supergrávida! Hipergrávida! E vou casar! Elegantésima! Uma cerimônia no Vale dos Vinhedos, na vinícola de minha família. Ele está de quatro por mim e eu por ele. Adeus, *studio* em Paris, adeus, engajamento político. Eu abandono todas as minhas convicções por esse deus etíope, absoluto, que me sufoca de prazer.

Rô

E agora essa notícia. Vão casar. Quando vieram me contar, eu já esperava, já suspeitara. Os enjoos da Clarissa. Mas são uns grandes idiotas. Deixarem-se levar por emoções, misturar prazer com sentimentos. Que mania essa gente tem de se apaixonar! Juntar trapos, praticar monogamia. Tolos! Não sabem nada da vida. Não sabem que os sentimentos se deterioram na gasturinha do dia a dia. Pagar contas, levar filho ao colégio, ao médico, pagar plano de saúde, juntar dinheiro na poupança.

Mas então tá, né? Meu caso com o atleta sexual carioca já estava mesmo com a validade vencida. Aliás, o desempenho dele sempre foi meio frustrante. Muito rápido no gatilho. Bem que minha velha e sábia mãe, como boa judia que é, sempre me advertiu para não buscar prazer nas camas dos góis. Fazer o quê? Afinal gói por gói também eu sou, adotada como fui. A ortodoxia? Isso eu deixo por conta de meu sábio e bom marido, que me respeita como sou e não me faz perguntas.

Agora papá e mamã vão juntos ao meu consultório para o pré-natal. E me convidaram para madrinha de casamento. Coisa mais classe média.

Bom, só me resta providenciar um belo vestido de festa, fazer-me bela, como diz meu sobrinho. Meu marido e eu seremos os padrinhos, estaremos na coluna social, *course.*

A cerimônia vai ser numa vinícola. Não haverá de faltarem música e bons vinhos.

Logo partirei para uma nova aventura. Estou sempre aberta a novas propostas. Vai-se a primeira pomba despertada... Vai-se outra... Enfim, dezenas...

Haverá, sempre, ocasos para revoadas de retorno. E madrugadas para largar crianças recém-paridas no portal de casais idosos, sem filhos.

Sou Rô, a descolada. Sobrevivente de sanguíneas madrugadas.

COMO AREIA NOS CAMINHOS

Ela escutou o portãozinho ranger nas dobradiças e os passos trôpegos que se arrastavam no areão do pequeno caminho da entrada. Houve um breve silêncio. Então, a chave rascou na fechadura da porta.

Junto ao fogão apagado, na cozinha gelada, seu corpo retesou-se dentro das roupas largas e gastas. Levou a mão ao peito. Sentiu o pulsar do sangue, próximo da garganta, e o martelar do coração ecoando em suas têmporas. Ouviu o som de pés arrastando no piso de ladrilhos, o barulho de uma cadeira esbarrada e o ruído surdo de alguma coisa, ou de alguém, tombando ao solo. Palavras confusas e imprecações. Sentiu o cheiro de suor e de álcool. Uma descarga elétrica percorreu sua espinha. Prendeu a respiração. Um pouco de urina lhe escapou, e a umidade incômoda no meio das pernas a fez retesar-se. Contraiu-se toda. Fechou os olhos e esperou.

Quanto tempo vai demorar até que a porta se abra e ele entre na cozinha? Preparou-se para o ritual que viria a seguir. Sem forças para resistir, deixou tombarem-lhe as mãos ao longo do corpo. Esperou. Quanto tempo esperou? Há quanto tempo, quantos anos, todos os dias, todas as noites, ela rezava para que ele se perdesse no caminho de volta, para que nunca mais voltasse? Mas ele voltava, sempre. E ela o esperava. Como o cordeiro espera a hora de ser imolado.

O cheiro forte denunciou a porta se abrindo. O vulto se agigantou, delineado no retângulo da porta, contra a luz. Desgrenhado, barba por fazer, olhos injetados, ele se aproximou, na claridade escassa. Um riso mal esboçado no canto da boca, ele tateava a parede, procurando a chave de luz. Com a outra mão, alcançava seu corpo magro, puxando-a para si, afagando os seios murchos e as coxas descarnadas. Ele tentava abrir a braguilha, balbuciando frases desconexas de lascívia e luxúria. A saliva escorria pelos cantos da boca, ele tentava beijá-la deixando rastros brilhantes e pegajosos, como os de um molusco fétido. E, assim, procurando-a com todo o corpo, a empurrava em direção à sala, onde jazia o velho piano, sobras do antigo fausto, escárnio em meio à mobília ordinária da casa modesta, nas franjas do subúrbio miserável, para onde foram sendo arrastados, cada dia mais fracassados, mais infelizes.

E o ritual infindável, humilhante, se cumpriria pela noite afora, todas as noites, até quase o amanhecer ou quando ele tombasse pela embriaguez ou pelo sono.

Com os dedos rígidos e inseguros, ele martelava o piano, chorando, se maldizendo, suplicando a ela que cantasse. A ladainha infindável das juras de amor e de pedidos de perdão, entremeadas de impropérios, de ameaças, de bofetadas, seguidas de gritos, incitando-a a cantar. Como se ela pudesse fazê-lo. Com a mão esquerda ele a sujeitava junto ao corpo e ao piano. Com a outra insistia penosamente sobre as teclas gastas.

— Por que você não canta? Por que você não quer cantar para mim? Por que você nunca mais cantou? Meu amor, minha vida, fala comigo! Cante outra vez para mim!

Passa da súplica à violência. A mão direita sobe do teclado e estala no rosto desfigurado.

— Canta, vagabunda! Canta, desgraçada! Por que emudeceste? Tu me enfeitiçaste e me desgraçaste! Só me trouxeste infelicidade. Fui reduzido a isso por tua causa, sou um fracassado por tua causa. Me responde, onde está o concertista que encantava as plateias? Olha para essa ruína em que me transformaste! O rebotalho a que me reduziste!

Solta-lhe o corpo com brutalidade, inclina-se sobre o teclado e bate nas teclas, lentamente, infindavelmente. Nas mesmas teclas.

Ela se deixa escorregar, junto ao piano, para o piso frio. Sentada ali, escuta a voz que ora se queixa, ora pragueja. E as imprecações. E os acordes dissonantes.

Distantes e confusos veem os sons, os vultos. O quase nada que restara de suas lembranças, um borrão cinzento, onde boiam luzes opacas, vagos perfumes e sensações, melodias. A figura da mãe. Escuta a voz da mãe, ao piano. A voz aveludada, de contralto. As altas janelas envidraçadas, cortinas de renda branca, flores nos jarros de cristal e longas velas acesas nos candelabros de prata.

As idas ao teatro em noites de concerto. O cheirinho esquisito e as cócegas no nariz que lhe provocava a gola do casaco de pele da mãe, roçando-lhe o rosto quando, sentada a seu lado, recostava a cabeça no seu ombro. Um breve espirro. Risinhos abafados. Palavras sussurradas.

As idas ao camarim, depois do espetáculo, para cumprimentar o concertista. O pequeno gole na taça de champanhe, estritamente um gole permitido a uma mocinha de sua idade, o perfume de água de colônia de sua barba, beijinho furtivo. Encantador o sorriso do novo amante da mãe. O cheiro acre de cigarro quando ele, como quem faz uma concessão, lhe oferece a cigarreira dourada para que ela abra e escolha um dos cigarros, presos pelo elástico. Com cuidado ela retira o cigarro e o coloca entre os lábios dele. A chama do isqueiro aquece sua mão, incendeia-lhe os sentidos. Um mundo de mistérios se abre, ilumina-se a imaginação. Revelam-se segredos. Carícias rápidas, descuidadas, como que acidentais, em seus pequenos seios recém-despertos. O gosto da língua, morna, macia, penetrando-lhe a boca, os dentes mordendo seus lábios. Contatos fugidios. Desejos incontidos. Entrega. Êxtase. Segredo e encantamento e gozo. E culpa. E brigas. E maldições.

O vulto da mãe, ameaçador, na soleira da porta, jogando as malas pela escadaria abaixo, com palavras duras, lançadas com a força do ódio e do despeito.

— Vou destruir a tua reputação. Vou te aniquilar, seu ingrato! Vou te reduzir a nada. A ti e a você, sua vagabundinha. Você, sua sonsa, você o seduziu! Foi você que o seduziu!

Distante e confuso ela ouve, até hoje, o som do carro rodando sobre a areia da estrada. Seu corpo de menina, retesado dentro das roupas, olha pelo espelho retrovisor e vê as árvores da alameda se afastando e a casa, lá no fundo, desaparecendo. Ela escuta o ruído do ranger dos gonzos do pesado portão de ferro e as duas portas se fechando, rascando o metal.

A limusine, vagarosamente, vai esmagando a areia do caminho.

E AGORA, MEU CARO?

Agora é conosco, Rastignac. Vejamos como você vai se comportar *dorénavant, mon cher*. Você vai continuar por aí, vagando pela casa, como se eu não existisse? Como se a casa estivesse vazia? Eu existo, querido, e estou aqui, com você. Eu não te abandonei, *mon vieux*. Quem te abandonou foi ela.

Claro que ela te abandonou. Ela nos abandonou. Só você não quer ver. Me responde: você pensa que ela vai voltar? Você acredita nisso?

Claro que ela não vai voltar.

Deixe para lá, não vou mais repetir. Fique você aí, na ilusão.

Quer vir deitar no sofá, aqui, ao meu lado? Vem, deita aqui no sofá. Eu te faço um carinho, coço as tuas costas. Não precisa me ajudar a enrolar o novelo. Tá bem, assim como está. Eu vou tirando o fio da meada e vou puxando o fio como quem puxa pelas ideias, pelas lembranças. Vou tecendo o meu tricô com o fio da lã cardada na roca dos meus pensamentos. Fio que enrolei, fiz e desmanchei. E refiz e desfiz. Arrematei.

Vem, senta aqui, junto de mim, vem aquecer meus pés.

Eu sei, eu sei. Não, meu querido. Não precisa dizer. Os teus silêncios são tão eloquentes. Pensando bem, que baita lugar-comum. Comum e, agora, pouco eloquente. Mas pelo menos é quente. Um elo quente como o que nos une, hein, Rastignac?

Você tomou seu leite? Não tomou? Você tem que se alimentar, querido. Se não se alimentar, vai ser pior para você, pior para mim. Você pode adoecer. Eu vou ter que procurar recurso, correr atrás de médico, comprar remédio. Vai me dar um trabalhão. Você não é fácil de tomar remédio, tenho que ficar te enganando, misturando na comida e você recusando-se a comer.

Claro que eu sei que você percebe quando eu misturo seu remédio na comida.

Como é que eu sei? Ora, quando você recusa a comida. Que jogo tão tolo. Jogo de enganação. Eu finjo que não vejo, você finge que não sente, e eu finjo que não vejo que você não sente. E assim continuamos. Um enganando ao outro. É, mas agora acabou. Você tem que aceitar os fatos. Outro clichê: aceitar os fatos. Quer outro? Foi Deus quem quis. Olha só se Deus vai estar interessado nessas ninharias. Ele nem sabe o que está acontecendo aqui embaixo. E não sabe, porque não quer, não é? Não Lhe interessa, não faz questão de ver. Fica escondido por detrás de todas aquelas Suas cortinas que, se nos impedem de vê-Lo, impedem, também a Ele, de nos ver, a nós, bactérias inúteis, agarradas à crosta desta bolotinha desprezível, previsível, percorrendo sempre a mesma rota, sem se afastar um grauzinho sequer. Sempre. E olha, é só alguém falar na remota possibilidade dela se inclinar, de um cometa colidir, aí começa a gritaria: vamos morrer, vamos morrer, o mundo vai acabar, vamos todos morrer. Que mundo? Isso lá é mundo? Ah, se eu me chamasse Raimundo...

Qual rima, qual solução, qual nada. Continuaremos aqui, como cracas em cascos de navios, girando ao redor deste solzinho decadente, condenado a extinguir-se, a se tornar um nada, um carvãozinho queimado, errando no espaço. Tomara que exploda, o desgraçado.

Ai, tá, Rastignac, não enche o meu saco. Não fica me olhando com esse silêncio de superioridade. Não sou tão ignorante quanto você supõe. Estou falando metaforicamente, Rastignac, metaforicamente. Apenas me dou o luxo de verbalizar meus pensamentos.

Então tá, concordo em parte. Qual carvãozinho, qual nada. São apenas gases.

E você fica aí, me olhando com essa cara disfarçada, um ar sensual de Brad Pitt da Cidade Baixa. Você enganava a ela, a mim, você não me engana, Rastignac. Você teve tudo nas mãos. Ela te alimentou, te vestiu, te serviu. Você passou a vida toda se refestelando pelos becos, gozando sua liberdade, nunca fez força para botar comida para dentro de casa, jamais pescou o peixe que comeu. Agora anda aí, macambúzio, se esgueirando pelos cantos. O fato é, Rastignac, e não é metáfora — ela te abandonou.

Ela nos abandonou. Ela não vai mais voltar. Isso é fato. Ponto.

E você vai ter que se acostumar com o cestinho que preparei para você, com as iscas que comprei, com a caixa de areia no canto do corredor, se quiser desfrutar o lugarzinho que reservei para você, na minha cama.

Et maintenant c'est à nous, mon chat.

ÉRAMOS TODOS JOVENS, E ERA CARNAVAL

Como eu sabia de tudo isso? A cidade inteira sabia, criatura, e comentava. Era um segredo de polichinelo.

Não, eu não te disse, o caso começou mesmo lá pelo final dos anos cinquenta, começo dos sessenta, numa temporada de praia, Atlântida recém-inaugurada. Foi lá que tudo começou, e terminou no Carnaval.

O pai dele, doutor Vespasiano, estava no auge da fama. Tinha defendido, e absolvido, o réu daquele caso da ocultação de cadáver no iate ancorado nos Velejadores, lembras? Mas deixa pra lá, isso é outra história.

O fato é que o doutor, naquela época, nadava em dinheiro. Ficara viúvo pela segunda vez e se soltara. Andava enrabichado com a tal castelhana que veio abrir um cassino clandestino num clube daqui. E o filho se rebolcava como um potro, solto no pasto. Ele e aquele meio-irmão de criação dele, lembras? É, esse mesmo. O pessoal chamava ele de "Desdouro". Não, era um jogo de palavras, compreendeu? "Deus de ouro", por causa do nome, do cabelo louro e das atitudes. Naquele tempo ele não passava de um agregado, um coloninho que viera de fora pra estudar e foi acolhido na casa do doutor. Agora é que ele está por cima da carne seca, é o braço direito, o herdeiro presuntivo, em todos os sentidos.

Mas, voltando ao assunto do Pasianinho. Esse era um guri entonado, criado cheio de vontades, e aprontava, ah, e como aprontava.

Também é preciso compreender o pobre do guri: perdeu a mãe muito cedo, foi criado e supermimado pela avó e pelas tias, que a madrasta não se envolvia muito, e o pai, muito menos. E as tias, apaixonadas por Pasianinho, não lhe impunham limites. Nem para comer: era um glutão, obeso, sem disciplina. Dizem que tivera fimose. E pródigo, ah, isso ele era. E pernóstico, e afetado.

Bacharel em Direito, queria se igualar ao pai, que não perdia um júri, conhecido até no Rio de Janeiro. E Pasiano não conseguia o registro na Ordem, não passava nos exames. E era metido a intelectual, a poeta. Cortejava o Quintana que, dizem, fugia dele como o diabo foge da cruz. Bom de garfo e bom de copo. E nós, a estudantada, todo mundo meio apertado de dinheiro, usufruíamos da sua prodigalidade. Muitos o exploravam. Eu, pessoalmente, nunca o explorei, apenas aceitava seus convites para uma noitada na American Boate, ou no Cabaré da dona Marli. Era programa para nego nenhum botar defeito. A despeito dos pseudos, quando calhava de irem junto.

Os pseudos? Era uma turma de pretensiosos, uns entojados, que iam para o cabaré discutir filosofia, política, literatura, arte. Por quê? Porque eram uns pseudointelectuais, pseudomachos. Comiam e bebiam às custas de Pasiano, e riam-se dele, pelas costas. Por onde, diziam, também o comiam. Mas deixa pra lá, isso é maneira de dizer, cada um come o que bem quer e entende, por onde entende, só acho que, como diz o ditado, onde se come a carne tem que pagar o pão. Ou, ao menos, não cuspir no cocho. Não, eu não afirmo nada. Só conto o que sei e o que todo mundo falava.

O que ainda não te contei é que a coisa mesmo se passou foi numa noite de Carnaval, no Clube do Comércio.

Eu até já tinha ido para fora, em férias, mas voltei da estância para passar o Carnaval aqui. Nem fui para a praia naquele ano, foi um verão de seca braba, o pasto virara capim seco, e os incêndios se multiplicavam. Naquele verão, como em muitos outros, tive que ajudar o velho na lida do campo, no nosso e no dos vizinhos. A peonada já estava arriando a mochila, de tanto trabalho. E também para justificar a dinheirama que meu pai gastava para me manter na faculdade.

Não, claro, eu não sou santo, mas sempre tive consciência. E fazendeiro não é tudo aquilo de rico, como vocês pensam, aqui na cidade.

O fato é que voltei das férias para passar o Carnaval. Para quê? O resto da minha vida tive que contar e recontar os detalhes do tal causo. E será que vale a pena remexer em coisa velha? Melhor deixar isso pra lá. Já se passaram tantos anos. Hoje somos, todos, pessoas respeitáveis, uns bem-sucedidos, outros nem tanto, e alguns até já estão mortos.

Bom, vamos lá, já que tu insistes... E escuta bem! Tu não vais me publicar nada disso no teu maldito jornal, tu me fizeste um juramento.

Tínhamos um bloco, "Os Besouros". Éramos um grupo de moças e rapazes, uns trinta ou quarenta, que todos os anos se fantasiava no Carnaval e recorria os clubes da cidade.

Do "aquecimento", na casa dos Albuquerque, ali na Getúlio, rumamos para o Clube do Comércio, não sem antes termos empinado uns grogues, claro. Quando subimos as escadarias do clube, todos fantasiados, os rapazes, de besouros, e as moças, de abelhas, com máscaras, cantando a *Jardineira*, o clube veio abaixo, de tanto aplauso.

Confetes e serpentinas eram jogados de todos os lados. E lança-perfume, muito lança-perfume... Éramos todos jovens, bonitos e estávamos todos mais ou menos bêbados. E era Carnaval.

E foi então que...

A HORA ENTRE CÃO E LOBO

A noite abafada, quente para o mês de agosto, prenunciava chuva.

Ela deixa o trânsito da cidade para trás e atravessa as pontes. Liga o som da Possante e trata de relaxar para enfrentar os quase cem quilômetros de estrada até a fazenda. Sente-se tranquila para avaliar a conversa que tivera com Tito, à tarde, no bar da faculdade.

Dirige com cuidado. O tráfego pesado vai rareando, ela sai da estrada principal para a secundária e daí para os atalhos de chão batido, que cortam os campos. A umidade aumenta à medida que a estrada vai bordejando os banhados.

O nevoeiro fica mais denso. Ela liga os faróis de neblina e pensa nas duas porteiras que teria que abrir. Sem tirar a atenção dos trilhos de saibro deu uma olhada para fora, pelo vidro lateral, e só viu o nevoeiro, filtrado pela escuridão. Pensava nas porteiras. Para abri-las teria que parar o carro, descer, abrir a porteira, passar com o carro, fechar a porteira, e tornar a subir no carro. Não estava com medo. Fizera esse caminho dezenas de vezes. Só estava meio arrependida de ter vindo à noite. Histórias de assalto. E à noite tudo é mais assustador. Um medo atávico, da escuridão das eras, quando os seres perdem os contornos, tornam-se indefinidos. Como é que os franceses dizem? *L'heure entre chien et loup*. Um arrepio desceu-lhe pela espinha. Bobagem, não existem lobos nessas paragens nem cachorros-do-mato, pobres guarás, em vias de extinção.

Veio-lhe à mente a conversa que tivera com Tito naquela manhã.

— Como te prometi, saí de casa — ele dissera. — Mudei para um apart na Independência. É definitivo. Vou me organizar para que tudo se passe com o mínimo de sofrimento para nós todos, principalmente para a Tânia e as crianças. Não vou abandoná-los, é claro. Agora é contigo, Marta. Tens que decidir se queres mesmo enfrentar a tua família e tudo o que ela representa. Temo a reação de tua mãe. E o teu pai? Dr. Euclides vai espernear. E tu? Estás preparada para enfrentar tua família?

Tito exagerava, é claro. A decisão de viverem juntos significava ela apoiar as ideias dele, que se chocavam com os interesses de seus amigos, de sua família, de seus pais. Teriam uma grande batalha pela frente. Ao lado de Tito, ela lutaria em defesa do meio ambiente, contrariando a ganância dos plantadores de soja, ou de eucaliptos, ou de cana, contra um sistema fundiário arcaico, contra o manejo inadequado do gado e o descaso com as aguadas e a mata nativa, contra o emprego de defensivos químicos, a degradação do solo, a desertificação.

Mantinha um olho na estrada e o outro na escuridão que a cercava. Seus pensamentos se misturavam com a realidade que Tito lhe apontava, os problemas ambientais, a política propositiva que ele defendia, e voltavam para a escuridão e o nevoeiro, e tudo se misturava, numa espécie de painel, à sua frente.

Chegou à primeira porteira. Num sobressalto viu um par de olhos amarelos brilhando na escuridão, refletindo a luz dos faróis. Instintivamente meteu o pé no freio e a mão na buzina. Postado à frente da caminhonete um enorme cachorro baio, do tamanho quase de um terneiro, a observava, sem se mover. Rosnou para ela. Sem saber o que fazer, deu marcha à ré e investiu em direção à porteira, buzinando, na tentativa de espantar o animal. Imóvel, o bicho eriçou os pelos do lombo e mostrou-lhe os dentes. Ela não conseguia desviar os olhos das duas luzes amarelas. Por longos, eternos segundos, ela tremeu da cabeça aos pés. Havia, no olhar do cão que a encarava, algo de malignamente humano.

O animal afastou-se de repente um pouco para a direita, desobstruindo a passagem, e estacou. Ela tomou coragem, baixou o vidro do lado oposto e o enxotou com um ruído de boca, como sempre ouvira fazerem na fazenda, uma espécie de assovio aspirado e um "Passa! Passa fora!" meio desafinado que a garganta apertada não permitiu ser mais incisivo. O bicho afastou-se, devagar, e foi sumindo no meio das macegas.

Tentou recobrar a coragem. Sentindo uma sensação estranha, ela desceu do carro, abriu a porteira e atravessou.

O nevoeiro diminuía. A caminhonete avançava, subindo a coxilha, e um vento frio soprava do oeste.

Aumentou o volume do som para escutar a voz de Sinatra cantando a estranheza da noite. Pelo vidro aberto ela respirou o ar puro da campanha e ouviu o pio da coruja perto dali. Tudo parecia calmo. A escuridão seria total não fossem as luzes da caminhonete.

Aproximava-se da segunda porteira. Quando os moirões do aramado se iluminaram, ela divisou o cachorro baio dos olhos amarelos, como duas lâmpadas de um semáforo horizontal, em sinal de advertência.

"Deve ser a fêmea", pensou, arrepiada, "ou o macho do outro".

"Ou seria o mesmo cachorro? Um guardião de porteiras?"

Diminuiu a marcha do carro, quase parando, catou o celular no assento ao lado. A luzinha indicou que não havia sinal. Insistiu, pressionou 66, o número da fazenda. Sem sinal. Pensou em dar meia-volta. E se, lá atrás, na primeira porteira, estivesse o outro cão? Ou o mesmo cão?

Do topo da coxilha mal e mal se avistavam as luzes opacas das casas da fazenda. Buzinar seria inútil. Quem escutaria a buzina de dentro de casa, toda fechada? Quem estaria acordado às onze e tanto da noite, na campanha, no mês gelado de agosto?

Tentou recobrar-se. Deu sinal de luz. Alguém poderia ver. Pediria socorro. "S.O.S. Mayday. Mayday. Três curtos. Um longo. Três curtos". Vira num filme. "*Titanic,* parece. Não interessa. Três longos. Um curto. Três longos. Ou será ao contrário?".

"Meu Deus! Esse cachorro maldito não me tira os olhos de cima! Aí parado, me olhando com seu olhar amarelo. O que significa isso? E o GPS, de que me serve agora? Celular sem sinal. Droga. Merda. Sem sinal".

De repente, sem quê nem porquê, o cachorrão baio deu a volta ao carro e, farejando, seguiu pela direita, rente ao aramado, sem pressa, até desaparecer de seu campo de visão.

Longe, no rumo da estrada da fazenda, ela percebeu dois faróis vindo em sua direção. Apurou o ouvido, pensou reconhecer o resfolegar da velha Rural do seu Quimba. Esperou um pouco. Era a Rural forçando a segunda marcha na subida da coxilha.

Olhou na direção em que o cão se fora e não o viu mais. Esperou um pouco, até sentir que suas pernas paravam de tremer e que suas mãos voltaram a se coordenar e soltar o volante, para passar a marcha. Respirou fundo, juntou força e coragem, desceu do carro e abriu a porteira. Atravessou, fechou a porteira e já ia embarcar quando seu Quimba a alcançou.

— Buenas!

— Buenas!

— Que bons olhos a vejam, dona Marta! E ainda que mal pergunte, o que a moça anda fazendo por essas bandas às tantas da noite? — disse seu Quimba, meio ressabiado.

— Uma longa história. A Possante afogou bem quando eu parei para abrir a porteira e não conseguia fazer pegar — mentiu —, acho que me assustei com a escuridão e aí dei sinal de luz. Mas como é que o senhor viu, seu Quimba?

— Pois foi graças à cachorrada que acuava no redor das casas. Quando eu fui bombear lá fora, vi que tinha gente se aproximando, de a pé. Aí eu vi que era o rapaz que eu tinha chamado pra consertar o motor da água. Me admirei dele chegar tão tarde da noite, mas é que a caminhonete dele se quebrou e ele seguiu de a pé, atalhando pelos campos, pra não ter que dormir sozinho no meio da escuridão. Daí ele me disse que tinha um carro parado na porteira, dando sinal de luz. Daí eu vi que só podia ser a senhora, dona Marta. O dr. Euclides me telefonou, mas a ligação tava ruim, e eu entendi que a senhora só chegava amanhã de manhã.

Enquanto Seu Quimba falava, ela prestava atenção no sujeito forte, atarracado, vestindo um macacão cor cáqui que descera da Rural.

Os três ficaram entre os quatro faróis dos dois carros.

Ela se abaixara para bater e despegar as flechilhas e os pega-pegas da barra das calças. Assim, curvada para o chão, olhou para cima, para o homem. Estranhou que a roupa dele estivesse seca, sem flechilhas nem pega-pegas.

Ela foi endireitando o corpo e subindo o olhar pelo corpo do homem. Quando o encarou, dois olhos amarelos como sinaleiras horizontais fitaram-na de volta.

Da voz do homem, bem modulada, meio rosnada, ela escutou:

— Muito prazer, dona. Cérbero da Silva. Um seu criado.

A VISITA DA PRIMA CANDOCA

O guri entrou correndo na sala, onde os homens jogavam cartas. "O nosso joguinho", como diziam, só não mencionavam o valor das apostas, como bem sabia o compadre Chico Freitas, que, naquela sala, fora sendo depenado ao longo dos anos, na inocente roda de carteado. Ali perdera as últimas braças de campo povoado, de pouca qualidade, é verdade. Pura aroeira. Gadinho miúdo, uns cachorrinhos de guampa, mas que, bem ou mal, garantiam o sustento de sua prole, que comadre Mozica não descuidava de manter o desenvolvimento, numa fantástica regularidade bianual.

Mesmo depenado, Chico Freitas continuava frequentando a roda de jogo em casa de Jango, toda quinta-feira, como religião. Faltava-lhe dinheiro, é verdade, mas não lhe faltava crédito — os sogros eram a sua garantia. Tinham campos de primeira, invernadas de pasto bom, gado de raça. Tudo isso comadre Mozica herdaria, mais hoje, mais amanhã.

E, quando o guri entrou na sala, afobado, querendo dizer alguma coisa, os quatro homens pararam o carteado de supetão: não se jogava em presença de crianças. A sala reservada, meio misteriosa, era lugar só de homens, uma espécie de templo indevassável, cujas leis, não escritas, vigiam há décadas.

A casa ficava afastada da cidade, depois da ponte, onde o casario já começava a rarear, escondida atrás dos plátanos. Tinha muitos quartos, muitas janelas, a pintura gasta. Testemunhara os dramas de várias gerações de famílias numerosas, entreveradas por casamentos consanguíneos. Ali, atrás dos tijolos carcomidos pela umidade e pelo tempo, guardavam-se muitos segredos.

— Pai! Pai! Eu vi a bunda da prima Candoca.

— Mas o que é isso, guri? Isso é coisa que se diga? E tu me andas espiando os outros? Esse guri está me saindo melhor que a encomenda.

— Não tava espiando ela, pai. Ela que tava se vestindo de porta aberta e aí eu vi ela enfiando uma galocha amarela, puxando perna acima até a galocha ir parar na bunda!

Jango não conseguia pensar direito. O instinto fez descer-lhe pela espinha um sinal de alerta. Seus pensamentos galoparam para o passado.

Quando ela caminha, as nádegas firmes sobem e descem, sobem e descem, e a saia evasê de jérsei de lã cinza se move da direita para a esquerda, da direita para a esquerda, e os buquezinhos de flores cor de vinho, estampados no tecido, dançam na cadência do movimento das nádegas, e as depressões das pernas, na parte de trás dos joelhos, aparecem e desaparecem, aparecem e desaparecem, e, quando ela vira a cabeça e o cabelo preto roça o suéter de lã fina cinza-claro, tricotado à mão, com o V do decote apontando para a vereda profunda dos seios fartos e quentes e tudo começa a latejar, e uma quentura sobe do baixo ventre, vai pela coluna vertebral e incendeia a cabeça e volta, a galope, pelas veias e como um potro xucro e desenfreado lhe enrijece o sexo, as batidas do coração ecoam nas fontes, o suor escorre pelas costas, pela testa, cegando-o, os corpos se encaixando, o barulho da água da sanga, correndo entre o pedregulho, as bocas se procurando, com sofreguidão. Nunca mais, nem com ninguém, haveria sofreguidão.

— Prima Candoca vai chegar — disse Jango e olhou para a mulher, como que por acaso.

Sílvia pergunta, seca:

— Vai trazer o guri?

Jango finge que não escuta.

Alguém pergunta:

— A senhora não vai se preparar para a chegada da Dona Candoca? Mandar fazer umas rapadurinhas de leite, os sequilhos que ela adora?

Sílvia finge que não ouve. Pensa: "Capaz que eu vou me mexer do bem-bom para fazer agrado a essa pomadista da prima Candoca e aquele guri insuportável, metido a besta, só porque é carioca. Mas bem capaz!"

— A tua mãe fica contando as horas para a chegada da Candoca, diz Jango.

E tu também, pensa Sílvia. Pensa que eu não percebo? Repara como a língua dele se enrola quando ele diz "Candoca".

Odiava o marido, odiava a pomadista da prima, sobretudo quando ela vinha para o Sarval cabresteando aquele arremedo de irmão.

Ele se faz, pensava Sílvia com raiva, ele se faz que não sabe. Todo o mundo sabe e finge que não sabe. Só a burra aqui, eu, casei na ignorância.

O que todo mundo sabia e fingia que não sabia é que, quando Candoca andava lá pelos quinze, dezesseis anos, viera de Porto Alegre para o casamento da Sílvia e Jango e se perdeu com um rapaz, e o rapaz era noivo, de casamento marcado e não pôde reparar o erro. Eram tempos de pecado e de vergonha. Quando Candoca voltou para Porto Alegre, dona Catuzinha e o doutor Braga, seus pais, resolveram tirar uns tempos no Rio de Janeiro, levando a filha. Fecharam o palacete da Avenida Independência, e o doutor foi se aperfeiçoar no Rio. Moraram lá um bom par de anos, tempo suficiente para dona Catuzinha, já quarentona, engravidar e, diziam, dar à luz um menino.

Quando voltaram do Rio, o guri já grandinho, ele foi logo apelidado de Carioca. Raramente traziam o menino ao Sarval — dizem que ele não tem afinidade com as lidas da campanha.

Evitam-se, assim, as comparações, as parecenças.

— Jango! Ô Jango! Tá dormindo, índio veio? É a tua vez de dar as cartas.

ÁGUA DE POÇO EM NOITE FRIA DE LUA CHEIA

Porcaria de resguardo. Mal e mal uma semana e ela não aguentava mais ficar dentro de casa, cumprindo a quarentena. Não poder tomar um bom banho e só comendo canja de galinha. Quanto tempo ainda? Mais de mês, para voltar à lida, sair do quarto, lavar o cabelo.

Escutou um barulho no pátio. Pareceu-lhe o balde batendo nas pedras da borda do poço e a corrente deslizando na roldana. Quem estaria lá fora, a essas horas da noite, tirando água do poço?

— Zé Pedro — chamou. — Zé Pedro, você está aí, meu filho?

Tirou o pequeno do peito, ajeitou-o na cama de casal, levantou-se, calçou as chinelas e foi olhar pela vidraça.

O calor do quarto embaçava os vidros. Passou uma ponta do xale na vidraça para poder ver lá fora. Os campos estavam brancos de geada, e ela pensou nas histórias de assombração, contadas por Nega Veia, nas noites de inverno, na beirada do fogão. Diz que a alma de sua falecida sogra vagava pelas coxilhas e vinha, tossindo e escarrando sangue, tirar água do poço.

Na claridade do luar pôde ver o menino, sentado no

chão, curvado, segurando o pé, o corpo sacudido pela dor. Esqueceu o resguardo, correu para fora na noite fria e trouxe o filho nos braços, sangrando, um prego cravado na sola do pé.

À luz do candeeiro ela lavou a ferida com água e sabão, fez um curativo com as tiras de lençol velho que guardava, enroladas.

Perguntou-lhe:

— O que você estava fazendo na beirada do poço, a essas horas da noite, com esse frio?

— O pai chegou da carpeta e me pediu um copo d'água fresca — respondeu.

— E onde está teu pai?

— Foi dormir no quartinho para não escutar bulha de criança — disse.

Deitou o filho, e o embalou, e cantarolou para ele os acalantos que aprendera com a mãe, quando a ajudava com os irmãos pequenos até que suas dores, seus pesares, aliviassem e, acalmados, voltassem a dormir.

Zé Pedro se aquietou, ela perdeu o sono. Voltaram-lhe as cólicas, sentia o fluxo de sangue aumentar, sentia frio e procurava se aconchegar ao filho para se aquecer. Não era falta de cobertas. Era um frio do corpo, um gelo nos ossos que a fazia tiritar. Escutava as badaladas do relógio de corda, vindas da varanda, o ressonar das outras crianças, dormindo no quarto ao lado. O recém-nascido recomeçou a chorar, ela o levou ao seio, para que voltasse a dormir.

A noite tão comprida. As horas soando, e o tempo parado. E o resguardo, que não passa nunca. Um mês, ainda, para poder voltar à lida, vencer a fraqueza, limpar a casa, lavar roupa, cozinhar. As quatro crianças, a roça, as galinhas e a vaca para tomar conta. Contar com Nega Veia e Chiru, só de vez em quando. E olhe lá.

Porcaria de vida, droga de vida. Não fazia nem uma semana, ela estava na roça, arrancando um pé de mandioca para cozinhar. Quando sentiu as dores, mandou o filho mais velho chamar a parteira, que morava no fundo do campo.

— Zé Pedro, meu filho, corre lá no rancho e avisa a Nega Veia. Chegou a hora da precisão.

Ela correu para dentro de casa, fez fogo no fogão de ferro, botou as duas chaleiras com água para ferver, foi ao galinheiro, escolheu duas galinhas gordas, torceu-lhes o pescoço, depenou-as, sapecou-as no fogo e deixou-as limpas e cortadas na gamela de madeira, em cima da mesa. Cobriu com um pano branco. Botou o bacião de zinco na cozinha, despejou dentro uma chaleira de água quente, temperou com água fria, chamou para dentro os dois meninos que brincavam com gadinho de osso no quintal, banhou os dois, vestiu-lhes os pijamas de pelúcia e ordenou que não fossem para fora, brincassem dentro de casa para não se sujar. Aproveitou a água do banho das crianças, tomou seu próprio banho e lavou bem os cabelos. Tinha que estar bem limpa para os próximos quarenta dias. Despejou a água servida no quintal e preparou o almoço: uma panela grande de arroz com galinha e outra de mandioca cozida.

Zé Pedro voltou dizendo que Nega Veia vinha vindo. Mandou ele se lavar e serviu o almoço. Ela mesma não comeu. As dores aumentavam, ela sabia que deveria ficar de estômago vazio. Sentiu uma coisa diferente no meio das pernas. Foi ao quarto e apalpou — era o pezinho da criança que viera para fora.

Acomodou-se na cama como pôde, com medo que a criança caísse no chão, ao nascer. As dores apertando. Comprimia os lábios para não gritar, não assustar o menino. E Nega Veia que não chega. Chamou Zé Pedro:

— Meu filho — disse, pega a tesoura grande na gaveta da máquina, bota ela dentro duma panela com água e bota no fogão, a ferver. Bota mais lenha no fogão. Não deixa o fogo morrer. Se for preciso, você ajuda a mãe a cortar o umbigo do irmão.

— Ajudo, sim, senhora.

Estava assustada. Era o quarto filho que paria e nunca vira isso de vir primeiro um pezinho. Sempre tivera coragem. Não era agora que ia fraquejar.

Alta, magra, cabelos negros e fartos, apanhados em tranças, desde menina ajudava a mãe na lida da casa. Mais tarde aprendera com o pai a lida do campo. Cavalgava feito um peão. Não era bonita, mas tinha presença. Não era frágil nem submissa como as moças de seu tempo. Sabia que seria difícil arranjar marido com tal temperamento. Os candidatos se assustavam com moça donzela tão determinada. Quando estava lá pelos vinte e cinco, já meio entrada em anos, apareceu o tropeiro, comprador de cavalos. Era bonito, alto, parecia um índio e tocava gaita de oito baixos como jamais se vira por ali. Era, bem dizer, um guri, comparado com ela. Ainda nem cumprira os vinte. Apaixonaram-se. Casaram. E ele a levou para os Campos de Cima da Serra, onde morava com o pai.

No começo, como em todos os começos, tudo era novidade. O retouço nas tardes quentes, na beira da sanga. O sabor forte e rude do corpo dele, a ânsia dolorida do desejo.

Quando chegou o inverno viu que estava prenha e sozinha na solidão do campo. Só com Nega Veia e Chiru por companhia. Sentia falta dos pais, dos irmãos, da prosa com a vizinhança. Sem ter com quem conversar, exercitava a saudade rememorando os pequenos detalhes da casa paterna — a taleira na frente da casa; ela e a mãe, nas tardes de verão, proseando e tomando mate doce com as visitas; o cheiro da coronilha queimando no fogão de ferro, nas noites de inverno; o peso dos acolchoados de lã cardada cheirando a sol quando eram postos a arejar nos peitoris das janelas.

Agora morava numa casa despida, a mobília gasta e um relógio velho, de corda, pendurado na parede, marcando um tempo que se arrasta.

O único luxo que ganhara do noivo fora uma mantilha de seda vermelha, com franjas, que lhe chegara às mãos com um estranho perfume.

Habituou-se às viagens do sogro e do marido. Eles mantinham a ocupação de tropeiros como pretexto para gavionarem pelos vilarejos da campanha e da serra, tocando gaita nas bailantas de beira de estrada, nas noitadas dos cabarés, onde deixavam o parco dinheiro que ganhavam com os negócios de gado. Durante os invernos muito rigorosos, quando eram obrigados pelo frio a ficarem mais tempo em casa, ela pressentia a próxima viagem. O marido e o sogro queixavam-se de comichamento, de enfadonhação, como eles diziam. E, tão logo podiam, se botavam na estrada. Não bastava, àquelas almas andejas, a lida da campanha, o manejo do gadinho ordinário de seus campos pobres. Gostavam de estrada, de dormir ao relento, de pular de vila em vila, de puteiro em puteiro, tocando sanfona.

As dores voltaram, insuportáveis. Deu-se conta de que cochilara, de que Nega Veia já estava lá, de que a criança ainda não nascera e de que Nega Veia tentava virar a criança para colocá-la na posição. Pela vidraça viu que anoitecera. Sentiu Nega Veia introduzir o braço na sua vagina, quase até o cotovelo, na tentativa de virar a criança. Resolveu que era tempo de acabar com aquele sofrimento, com o desassossego dos filhos pequenos.

Preparou-se. Esperou, quase sem respirar. Quando a dor veio, com as mãos fortes agarrou os ferros da cabeceira da cama, fincou os pés no colchão de palha, as pernas bem abertas, os joelhos erguidos. Nega Veia debruçou-se com todo o peso do corpo sobre seu ventre, empurrando a criança. Ela forcejou, deu um berro e quase sentou na cama. A criança veio para fora, meio virada. Nega Veia puxou, rasgando-lhe a carne. A criança não chorou. Nega Veia tomou-a pelos pés, suspendeu-a e desceu-lhe a mão, negra e pesada. A palmada estalou na bundinha frágil, o corpinho se estremelicou, e o menino começou a chorar. Era mais um machinho. O quarto.

O marido e o sogro só apareceram depois de alguns dias.

No sétimo dia do nascimento, como de costume, não deu banho na criança para evitar o mal-dos-sete-dias. Nega Veia veio para as benzeduras de praxe. Quando tiraram o inocentinho do berço viram que queimava em febre. Nem nome tinha, o anjinho. Trataram de batizá-lo para que não morresse pagão. Chamaram-no Teodoro.

Os dias se arrastavam. A febre não baixava. Cataplasmas, compressas, benzeduras. Nada. O menino foi enrijecendo. Noite e dia ela caminhava com a criança nos braços, cantando, acalentando. As tábuas do assoalho rangiam a cada pisada. Oferecia-lhe o peito, ele não sugava, não chorava. Era só um grunhidinho. O vento assoviava nas frestas das janelas. Um frio insuportável gelava a casa, só a cozinha permanecia aquecida, dia e noite. Na décima quarta noite, o anjinho se finou. Elas o vestiram e colocaram o corpinho sobre a mesa da cozinha. Duas velas acesas. Velaram até o amanhecer, escutando as batidas secas do martelo, vindas do galpão. O marido e o sogro serravam e pregavam as tábuas do caixãozinho.

Debruçada sobre a mesa da cozinha, a cabeça junto ao corpinho do filho morto, ela adormeceu.

Quando acordou, viu pela janela que o dia amanhecera, cinzento de chuvisqueiro. Aprumou o corpo e percebeu que haviam colocado o finadinho no minúsculo caixão. Foi ao quarto apanhar uma manta para se agasalhar e recomendar aos filhos que ficassem dentro de casa enquanto iam sepultar o menino. Ao passar a mão sobre a cabeça de Zé Pedro viu que ele ardia em febre e que as convulsões começavam. O enrijecimento tomava conta. Já não respondia o que ela lhe perguntava.

Tomou-o nos braços, e o agasalhou com um cobertor de lã e o acalentava caminhando para lá e para cá. As tábuas do assoalho rangiam a cada passo, marcando o tempo. Cantava e ninava o filho de oito anos, como a um bebê. Tentou dar-lhe o seio, ele não sugou.

Olhou pela vidraça, viu os quatro vultos subindo a coxilha, vagarosamente. O marido carregando o caixãozinho debaixo do braço. O vento os empurrava para trás, as mantas e os ponchos esvoaçavam, os tamancos e as botas resvalavam no barro escorregadio. No topo da coxilha os corpos se curvavam sobre a cova que acabavam de abrir. Ela quase podia ouvir o som das pazadas de barro.

Com o corpo do filho nos braços, ela sentou-se na cadeira de balanço, à espera.

Recomeçou a cantiga de ninar.

DEZEMBROS

...para cada coisa há um
tempo debaixo dos céus.
Eclesiastes 3,1

O vento das terras altas, frio e cortante, carrega as pessoas ao longo das ruas e me arrasta, a mim, como folha morta, levada de roldão pelas lembranças. São quatro horas da tarde. É noite no hemisfério norte. O frio paralisa o tempo, e as luzes de Natal, que iluminam feericamente a cidade, não conseguem aquecê-la.

Houve outras noites, outros dezembros, em outro hemisfério. Pela primeira vez fui abandonada, sozinha e muito longe, não lembro onde, nem quando. E já não importa. Foi um tempo em que desejei despir-me de minhas roupas e, descalça, vagar sem rumo, coberta apenas pelo manto do meu desespero. Comeria do lixo ou da mão dos passantes. Caminharia, apenas caminharia, para onde meus pés me arrastassem, como folhas recolhidas pela pá e jogadas para o fundo das noites de deslembranças.

Sempre haverá dezembros. Noites quentes, tropicais, onde não se morre de frio. Morre-se de desespero.

Agora é noite e, novamente, é dezembro. De frio e de ventos. Percorro as ruas, sozinha, singrando minhas lembranças no esquecimento de nós dois.

Sobrevivi para que tu não te extinguisses, para que tudo o que de nós restou, na minha memória, se transformasse em vida para ti. E assim tem sido. Vives em mim, estás comigo, como agora, flutuando, feito pedras de gelo, no âmbar líquido que eu bebo para me aquecer, para esquecer. Recoloco o copo sobre a mesa e observo o balanço dos cubos translúcidos e gelados que vão desaparecendo até sumirem por completo do meu campo de visão. E, no entanto, ainda estão lá, dentro do copo, não na forma, não ao alcance da minha percepção, mas estão lá, em essência.

Algumas vezes, poucas, escorrego de ti e vago para longe, me fundo no passado, muito além da friagem onde meu corpo me amarra. Tomo o rumo de outro hemisfério, outra metade da eternidade.

Dezembro de calor, meia-noite. Ouço o barulho das ondas, rebentando na amurada da praia, na Baía de São Marcos, e escuto o zurrar do burrico no presépio vivo, que acorda o bebê-Jesus em frente à Igreja da Sé, em São Luís do Maranhão. E tu me beijas.

Permaneço longo tempo olhando o copo em minhas mãos. Lamento que os cubos gelados se tenham fundido tão depressa.

Busco um sentido no calor que desliza pela minha garganta e aquece minhas entranhas. Busco um sentido para tudo, um sentido para mim. Olho ao meu redor: meu universo não tem mais que trinta, no máximo quarenta metros quadrados. É um universo amarelo queimado e marrom, alcatifado, morno e macio. A macia flanela xadrez identifica, talvez, o clã ao qual pertence o proprietário do pub.

E o meu clã? Quais as cores, quais tramados de linhas o identificam? Perdi as cores, os quadriculados, o traçado de minhas origens, tão longe estou da minha aldeia. Foram tantas as linhas que se cruzaram, descruzaram e pontilharam e riscaram a minha história.

Espero. Outro copo, novos cubos de gelo. Outras distâncias.

O meu território é o das lembranças, onde meu espírito se petrifica.

Em quais paragens habitarão os espíritos?

Me desprendo de meu pequeno universo aquecido, de trinta metros quadrados, e volto para as ruas de vento e de gelo. Caminho sobre grandes manchas coloridas e iluminadas, reflexos nas calçadas úmidas. Piso as publicidades de Natal. Será isso, então, o Natal? Enormes manchas luminosas, vermelho e verde, pisoteadas, refletidas nas calçadas?

Apuro o ouvido para escutar melhor a melodia familiar, que vem de não muito longe, e parece congelada no ar cortante. É o som de uma gaitinha de boca. Conheço as palavras:

Quando a lama virou pedra e mandacaru secou...

Sentado num banquinho sob a marquise, um caboclo nordestino, gibão de vaqueiro sobre os ombros, olhos risonhos, fita minha surpresa. A pele sertaneja, crestada pelo sol dos trópicos, grita no contraste do frio cortante das terras altas do norte da Escócia.

O chapéu de couro, jogado na calçada, contém umas poucas moedas.

O quadro tropical, arrancado do sol da caatinga para a palidez da noite gelada, me paralisa.

Que braseiro, que fornalha... nem um pé de plantação...

Canta o caboclo. Quanta ironia.

Lufadas de vento varrem o gelo das ruas e um arrepio percorre meu corpo e eletriza minha espinha. Levanto a gola do casaco e aconchego o cachecol ao rosto. Meus dedos, entanguidos de frio, tateiam o fundo do bolso até encontrarem uma nota. Vinte libras. Coloco-a dentro do chapéu de couro, lá embaixo, na calçada. Do fundo da noite de gelo, um Severino anônimo e a Rainha da Inglaterra sorriem para mim.

AGRADECIMENTOS

Permitam-me, aqui, inscrever o nome de Charles Kiefer no alto destes agradecimentos. É sobretudo a ele, que me mostrou o "caminho das pedras" — me ensinou o rigor da arte de escrever — que eu devo a publicação deste trabalho. E agradeço, ainda, suas generosas palavras de apresentação.

À Monique Revillion, por sua delicadeza e pela poesia de suas frases, que me alegram e me comovem.

Aos professores Luiz Antonio de Assis Brasil e Luís Augusto Fischer, pela competência e pelo modo criterioso de transmitirem o saber.

A todos os meus colegas, de todas as turmas, de aulas, de cursos, pelo incentivo, pelas críticas, por seus olhares acurados sobre os textos, mas, sobretudo e principalmente, pela amizade e a alegria.

Aceitem, por favor, a homenagem da minha gratidão.

livraria dublinense

A LOJA OFICIAL DA DUBLINENSE E DA NÃO EDITORA

LIVRARIA.**dublinense**.COM.BR

Composto em ARNO PRO e impresso na FORMA CERTA,
em PÓLEN BOLD 90g/m², em OUTUBRO de 2019.